Les voyages
de Gulliver

Jonathan Swift

Jonathan Swift est né à Dublin en 1667. Orphelin de père, il fut élevé par ses oncles. Après des études de théologie, il fut nommé pasteur et commença à écrire sa première satire. Par la suite, il écrivit de nombreux pamphlets humoristiques, qui, tous, conservent un ton féroce et un style mordant, caractéristiques de son style. Jonathan Swift mourut à Dublin en 1745.

JONATHAN SWIFT

Les voyages de Gulliver

Traduit et adapté de l'anglais
par Laurence Kiefé

TEXTE ABRÉGÉ

© Librairie Générale Française, 2007.

PREMIÈRE PARTIE

Voyage à Lilliput

1

L'auteur et sa famille. Ses premières incitations au voyage. Il fait naufrage et réussit à gagner à la nage le rivage du Pays de Lilliput. Il est fait prisonnier et emmené dans l'intérieur des terres.

Mon père possédait un modeste domaine dans le Nottinghamshire ; j'étais le troisième de cinq garçons. À l'âge de quatorze ans, il m'envoya à Cambridge où je fus un élève studieux. Mais les frais de mon entretien devenant trop lourds pour sa piètre fortune, je fus envoyé en apprentissage chez Mr. James Bates, un éminent chirurgien de Londres. À la fin de mon apprentissage, je rejoignis mon père et, sur la recommandation de mon bon maître, j'obtins un poste de chirurgien à bord du *Swallow*, commandé par le capitaine Abraham Pannell ; je naviguai trois ans et demi, poussant deux fois jusqu'au Levant. À mon retour, je m'installai à Londres, vivement encouragé en cela par Mr. Bates qui me confia plusieurs patients. Comme on me conseillait de changer de condition, j'épousai Miss Mary Burton, la fille cadette de Mr. Edmond Burton, bonnetier dans Newgate Street.

Mais mon bon maître Bates mourut deux ans plus tard. Comme je n'avais guère de relations, mes affaires commencèrent à péricliter.

Après avoir consulté ma femme et quelques amis, je repris la mer et naviguai six années durant à destination des Indes orientales et occidentales, ce qui me permit d'augmenter ma fortune. Mes heures de loisir à bord, je les passais à lire les meilleurs auteurs, classiques et modernes ; à terre, j'observais les mœurs et coutumes des peuples et j'apprenais leurs langues, grâce à ma puissante mémoire.

Le dernier de ces voyages n'ayant pas été un succès, je décidai de rester à terre avec ma femme et mes enfants. Mais après avoir espéré pendant trois ans voir ma situation s'améliorer, je finis par accepter une proposition intéressante du capitaine William Prichard, le patron de l'*Antelope*, qui partait pour les mers du Sud. Nous quittâmes Bristol le 4 mai 1699 et au début, notre voyage se déroula à merveille.

Que le lecteur sache seulement que, voguant vers les Indes orientales, nous fûmes chassés par une violente tempête au nord-ouest de la Terre de Van Diemen. Nous nous retrouvâmes à 30,2 degrés de latitude sud. L'épuisement et la nourriture avariée avaient déjà tué douze membres de l'équipage, les autres étaient dans un état de grande faiblesse. Le 5 novembre, le début de l'été dans cette partie du monde, par un temps brumeux, le matelot de quart aperçut un rocher à une demi-encablure de notre navire ; le vent violent nous poussa droit dessus et aussitôt, la coque se fendit. Six membres de l'équipage, dont moi-même, mirent la chaloupe à la mer ; nous nous efforçâmes de nous éloigner du navire et du rocher. Mais bientôt le canot fut renversé par une rafale venue du nord. Aucun de mes compagnons n'en réchappa.

Quant à moi, je nageai en m'en remettant au destin. Alors que, à bout de forces, j'étais prêt à me laisser couler, je m'aperçus soudain que j'avais pied. Je m'écroulai sur le sable et je m'endormis.

Quand j'ouvris les yeux, l'aube se levait. Je voulus me redresser, mais je ne pus bouger. J'étais à plat dos, les membres solidement fixés au sol ; mes cheveux, longs et épais, étaient également attachés. J'étais ligoté depuis les aisselles jusqu'aux cuisses. Je ne pouvais que regarder en l'air, mais le soleil commençant à chauffer, la lumière me blessait les yeux. J'entendais du bruit autour de moi, sans rien voir que le ciel. Je sentis quelque chose de vivant progresser sur ma jambe gauche, atteindre ma poitrine, frôler mon menton. Baissant les yeux autant qu'il m'était possible, je vis une créature humaine de six pouces, un arc à la main et un carquois sur le dos. Une bonne quarantaine de la même espèce suivait le premier. D'étonnement, je poussai un rugissement qui les fit décamper ; certains, comme on me le raconta plus tard, se blessèrent en sautant à terre. Cependant, ils revinrent bientôt et l'un d'eux, s'aventurant assez loin pour voir mon visage en entier, cria d'une voix perçante mais distincte : *Hekinah degul*. Les autres répétèrent les mêmes mots à plusieurs reprises mais j'ignorais alors leur signification. Pendant tout ce temps, je gisais fort mal à l'aise. À force de me débattre, je parvins à rompre mes liens et arracher les piquets qui retenaient mon bras gauche ; le levant vers mon visage, je compris leur méthode pour m'entraver. Au prix d'une intense douleur, je tirai sur les cordes qui retenaient mes cheveux sur la gauche et je pus tourner légèrement la tête. Les créatures s'échappèrent une deuxième fois sans que je puisse les attraper. Une voix stridente poussa un grand cri et quelqu'un s'exclama : *Tolgo phonac.* Ma main gauche fut criblée de plus de cent flèches qui me piquèrent comme autant d'aiguilles. Ils en tirèrent une deuxième volée, et je suppose qu'un grand nombre atterrit sur mon corps et sur mon visage, que je protégeai aussitôt de ma main gauche. Quand ce déluge cessa, je gémis de douleur tout en me débattant. Il y eut une nouvelle attaque encore plus nourrie et certains tentèrent de me transpercer les flancs à coups de lances ; par chance, je portais un gilet de cuir résistant. J'estimai alors plus prudent de rester tranquille et d'attendre la nuit où je n'aurais aucun mal à me libérer.

Quant aux habitants du lieu, s'ils avaient tous la même taille que mes assaillants, j'étais certain de battre leurs plus puissantes armées. Mais le destin devait en disposer autrement. Lorsque ces gens s'aperçurent que j'étais calme, ils cessèrent de me cribler de flèches. Et à quelque quatre yards, juste au-dessus de mon oreille droite, j'entendis qu'on tapait plus d'une heure durant. Tournant la tête de ce côté, j'aperçus une estrade dressée à un pied et demi au-dessus du sol, avec deux ou trois échelles. Quatre indigènes y montèrent.

L'un d'eux, une personne de qualité, m'adressa un long discours solennel auquel je ne compris goutte. Avant de commencer, il avait crié à trois reprises : *Langro debul san* (plus tard, on me répéta et on m'expliqua ces mots et les précédents). Presque aussitôt, une cinquantaine d'indigènes vint trancher les cordes qui retenaient le côté gauche de ma tête, me permettant d'observer l'orateur. Il paraissait entre deux âges et d'une taille supérieure à celle de son escorte formée d'un page, à peine grand comme mon majeur, qui portait sa traîne, et de deux autres individus qui se tenaient à son côté. Il joua le rôle complet de l'orateur, alternant menaces et promesses empreintes de compassion et de bonté. Je répondis par quelques mots, mais de la façon la plus soumise, la main gauche levée et le regard dirigé vers le soleil, pour prendre l'astre à témoin ; comme j'étais mort de faim, je ne pus m'empêcher de montrer mon impatience (peut-être au mépris des strictes règles de politesse) en portant régulièrement mon doigt à ma bouche. Le *hurgo* (car c'est ainsi qu'ils nomment un grand seigneur) me comprit à merveille. Il descendit de l'estrade et ordonna qu'on posât plusieurs échelles le long de mes flancs ; une centaine d'indigènes y grimpèrent et se dirigèrent vers ma bouche, chargés de paniers remplis de viande. Au goût, je distinguai la chair de plusieurs animaux, sans pouvoir les nommer. Il y avait des épaules, des cuisses et des filets, identiques à ceux du mouton et fort bien accommodés, mais plus petits que les ailes d'une alouette. J'en mangeai deux ou trois par bouchées, j'avalai d'un coup trois miches de pain grosses comme des balles de mousquet. Ils exprimaient de mille manières leur étonnement émerveillé devant ma corpulence et mon appétit. Je signifiai alors que j'avais soif. Ils avaient compris que les petites quantités ne me convenaient pas. Comme ils ne manquaient pas d'ingéniosité, ils soulevèrent habilement avec des cordes un de leurs plus grands tonneaux qu'ils firent rouler vers ma main avant d'en défoncer le couvercle ; je le vidai en une seule gorgée, ce qui ne fut pas difficile car il ne contenait guère plus d'une demi-pinte. Ce vin avait le goût d'un bourgogne léger, en plus délicieux. Ils m'apportèrent un second tonneau, auquel je réservai le même sort ; je fis comprendre que j'en souhaitais encore, mais ils n'en avaient plus. Me voir accomplir ces prodiges leur arracha des cris de joie, ils se mirent à danser sur ma poitrine en répétant à plusieurs reprises : *Hekinah degul.* Ils me signifièrent de jeter les barriques en criant *Borach mivola* à ceux qui étaient en dessous. Quand ils virent les tonneaux voler, ils ajoutèrent en chœur : *Hekinah degul.* J'avoue avoir été tenté, alors qu'ils arpentaient mon corps, d'en attraper une cinquantaine pour les jeter violemment à terre. Mais le souvenir de la douleur que j'avais ressentie, qui n'était sans doute pas la pire qu'ils pouvaient me faire subir, et la promesse sur l'honneur que je leur avais faite, car c'était ainsi que j'interprétais ma conduite soumise, mirent rapidement fin à ces idées. En outre, je m'estimais lié par les lois de l'hospitalité à ce peuple qui m'avait traité de façon si somptueuse. Cependant, je ne cessais de m'émerveiller de la hardiesse de ces êtres minuscules, qui, sans trembler, osaient s'aventurer à travers les monts et les vaux de mon corps, alors que j'avais une main libre.

Quand il apparut que j'étais rassasié, s'avança un émissaire de Sa Majesté Impériale. Son Excellence, ayant escaladé le creux de ma jambe droite, monta résolument vers mon visage, escortée d'une douzaine de personnes. Après avoir montré ses lettres de créance ornées du sceau royal, qu'il approcha le plus possible de mes yeux, il parla une dizaine de minutes, sans colère mais avec détermination ; il désignait souvent une direction qui, comme je l'appris plus tard, était celle de la capitale où Sa Majesté avait souhaité qu'on m'amenât. Je répondis par quelques mots, mais en vain ; je me servis alors de ma main libre, que je posai sur l'autre (en passant au-dessus de la tête de Son Excellence, par crainte de les blesser, lui ou son escorte) puis sur ma tête et en différents endroits de mon corps, pour montrer que je désirais retrouver ma liberté. Il me comprit assez bien, car il secoua la tête pour marquer son désaccord. Il me fit également entendre qu'on m'offrirait à boire et à manger à satiété et que je serais bien traité. Sur quoi, je fus à nouveau tenté de rompre mes liens, mais il me suffit de sentir la piqûre de leurs flèches et d'observer que le nombre de mes ennemis augmentait pour leur faire comprendre qu'ils pouvaient agir à leur guise. Sur ce, le *hurgo* et son escorte se retirèrent la mine joyeuse, en faisant mille politesses. Peu après, j'entendis monter une clameur, avec fréquentes répétitions des mots *Peplom selan* et je sentis qu'on desserrait mes liens. Je pus enfin me tourner et soulager ma vessie avec une grande abondance, à la stupeur de ce peuple qui s'était écarté pour éviter le torrent qui s'échappait avec une si bruyante violence. Mais avant cela, ils avaient enduit mon visage et mes mains d'un onguent à l'odeur fort plaisante qui, en quelques minutes, guérit les blessures de leurs flèches. Ces circonstances, ajoutées au réconfort procuré par leurs victuailles et leur boisson, me poussèrent au sommeil. Cela n'avait rien d'étonnant car les médecins, sur ordre de l'Empereur, avaient versé du somnifère dans le vin, comme je l'appris plus tard.

En vérité, l'Empereur avait scellé mon sort dès qu'on m'avait découvert sur le rivage en ordonnant aussitôt de préparer une machine pour me porter jusqu'à la capitale.

Aucun prince d'Europe n'aurait pris si audacieuse décision. Cependant, j'estime que c'était aussi prudent que généreux. Supposons qu'ils aient tenté de me tuer pendant mon sommeil ; je me serais sûrement réveillé à la première blessure et mes forces décuplées par la colère m'auraient permis de rompre mes liens ; et eux, incapables de résister, n'auraient pu espérer aucune pitié.

Ces gens sont d'excellents mathématiciens qui maîtrisent l'art de la mécanique, vivement encouragés en cela par leur Empereur, grand protecteur des sciences. Ce prince possède plusieurs machines à roues pour transporter les arbres et les grosses charges. Ses plus importants navires de guerre sont souvent construits en pleine forêt et il les fait amener jusqu'à la mer.

Cinq cents charpentiers et ingénieurs s'étaient mis au travail pour bâtir une machine inédite : un cadre de bois, surélevé de trois pouces au-dessus du sol, mesurant sept pieds de long et quatre de large et se déplaçant sur vingt-deux roues. Les cris que j'avais entendus saluaient l'arrivée de cet engin, conçu dans les quatre heures suivant mon arrivée. On l'amena parallèlement à moi. La difficulté principale fut de me hisser dessus. Ce que firent neuf cents hommes parmi les plus vigoureux grâce à des cordes et des poulies qui me prenaient sous le cou, les mains, le torse et les jambes. On me ligota serré tandis que je dormais profondément, assommé par le puissant somnifère mélangé à ma boisson. Il fallut les quinze cents plus gros chevaux de l'Empereur pour m'emporter vers la capitale.

Je fus réveillé par un incident ridicule. L'attelage ayant fait halte pour réparer une avarie, deux ou trois jeunes indigènes eurent la curiosité de voir à quoi je ressemblais lorsque j'étais endormi. Ils escaladèrent l'engin et avançant avec précaution vers mon visage, l'un d'eux, un officier des Gardes, enfonça l'extrémité de sa lance dans ma narine gauche ; cela me chatouilla comme une paille et j'éternuai violemment : ce qui les fit déguerpir. On fit halte la nuit avec cinq cents gardes postés de chaque côté de ma personne, la moitié équipée de torches et l'autre d'arcs et de flèches, prêts à tirer. Le lendemain, dès l'aube, nous repartîmes pour arriver vers midi aux portes de la ville. L'Empereur et sa cour sortirent à notre rencontre, mais les hauts dignitaires n'auraient voulu sous aucun prétexte que Sa Majesté mît sa personne en danger en escaladant mon corps.

À l'endroit où notre attelage s'arrêta, il y avait un temple ancien, le plus grand de tout le royaume. Souillé par un meurtre, il était devenu profane, conformément à la ferveur religieuse de ce peuple. On l'avait vidé de tous ses meubles et ornements et c'est là qu'on me logea. La grande porte orientée au nord faisait quatre pieds de haut et presque deux de large, ce qui me permettait de me faufiler à l'intérieur. De chaque côté, il y avait une petite fenêtre. À travers celle de gauche, les forgerons royaux firent passer quatre-vingt-onze chaînes, comme celles qui pendent aux montres des dames en Europe, fixées à ma jambe gauche par trente-six cadenas. De l'autre côté de la route, face à ce temple, s'élevait une tourelle. Ce fut là que l'Empereur monta, avec les plus influents seigneurs de sa cour, pour me contempler. Plus de cent mille personnes quittèrent la ville dans le même but ; et en dépit de mes gardes, j'estime qu'ils furent au bas mot dix mille à escalader mon corps. Mais ce fut très vite interdit par décret, sous peine de mort. Lorsque les ingénieurs estimèrent que je ne pourrais plus m'échapper, ils coupèrent les cordes qui me retenaient ; je me levais, profondément abattu de ma condition. La réaction de la foule en me voyant debout est impossible à décrire, d'autant que les chaînes qui retenaient ma jambe gauche m'offraient la liberté d'effectuer un demi-cercle d'avant en arrière ; en outre, comme elles étaient fixées à quatre pouces de la porte, elles me permettaient d'entrer en rampant à l'intérieur du temple pour m'y étendre de tout mon long.

2

L'Empereur de Lilliput, escorté par la noblesse, vient rendre visite à l'auteur dans sa prison. Description de l'Empereur et de ses coutumes. On envoie les érudits apprendre leur langue à l'auteur.
La douceur de son humeur est grandement appréciée. On fouille ses poches, on lui confisque son épée et ses pistolets.

Une fois debout, je regardai autour de moi ; je n'avais jamais vu plus réjouissant spectacle. La campagne alentour n'était qu'un jardin ininterrompu et les champs clos évoquaient autant de plates-bandes fleuries. Ces champs alternaient avec des bois d'un huitième d'arpent où les arbres les plus élevés devaient avoir sept pieds de haut. À gauche, j'apercevais la ville, semblable à la toile peinte d'un décor de théâtre.

Depuis plusieurs heures, les nécessités de la nature pesaient sur moi. J'étais déchiré entre l'urgence et la honte. Je ne trouvai pas meilleur expédient que de ramper dans ma maison ; fermant la porte derrière moi, j'allai aussi loin que me le permettait ma chaîne pour me libérer de ce poids. Mais ce fut l'unique fois où je me rendis coupable d'une action aussi malpropre ; je ne puis qu'espérer de l'honnête lecteur qu'il ne m'en tienne pas grief. Par la suite, dès mon réveil, je m'astreignis à accomplir ces besoins à l'air libre, tirant au maximum sur ma chaîne, et tous les matins, avant que les visites ne commencent, des brouettes poussées par deux domestiques venaient prendre livraison de cette matière nauséabonde. Je ne me serais pas attardé aussi longuement sur de telles circonstances qui, à première vue, peuvent paraître insignifiantes, si je n'avais estimé nécessaire de justifier à l'égard du monde mes aspirations en matière de propreté ; car on m'a raconté qu'à cette occasion comme à d'autres, certains de mes détracteurs se sont fait un malin plaisir d'introduire le doute.

Cette opération terminée, je ressortis de ma maison, ayant besoin d'air. L'Empereur, descendu de la tour, s'avança à cheval, ce qui faillit lui coûter cher car l'animal, bien que parfaitement dressé, se cabra, surpris de voir une montagne en marche. Mais ce prince, excellent cavalier, conserva son assiette et attendit que ses gens vinssent prendre les rênes pour lui laisser loisir de mettre pied à terre. Il m'examina alors avec la plus grande admiration mais sans approcher plus près que la longueur de ma chaîne. Il ordonna à ses cuisiniers et à ses maîtres d'hôtel, qui avaient déjà tout préparé, de me donner de quoi boire et manger. On poussa vers moi des véhicules montés sur roues chargés de victuailles. Je les vidai tous jusqu'au dernier ; vingt étaient remplis de viande et dix de spiritueux, les premiers m'offrant chacun deux ou trois bonnes bouchées ; quant aux récipients en terre cuite dans lesquels était contenue la boisson, j'en vidai dix dans un véhicule, que j'avalai d'une seule lampée, et ainsi de suite pour le reste. L'Impératrice et les jeunes princes et princesses du sang, en compagnie de nombreuses dames, avaient pris place à une certaine distance ; après l'incident provoqué par le cheval, ils se rapprochèrent de l'Empereur, que je vais maintenant décrire.

Il dépasse le reste de la Cour d'au moins la taille de mon ongle, ce qui est suffisant pour inspirer le respect. Il a des traits virils et puissants, la lèvre autrichienne et le nez busqué, le teint olivâtre, le menton fier, le corps et les membres bien proportionnés, des gestes empreints de grâce et un maintien majestueux. Il n'était plus alors dans la fleur de la jeunesse, puisqu'il avait vingt-huit ans trois quarts ; il régnait depuis sept ans, presque toujours vainqueur. Afin d'avoir de lui la meilleure vision possible, je me couchai pour que mon visage fût parallèle au sien, et il s'approcha à trois yards. Depuis, j'eus maintes fois l'occasion de le prendre dans ma main et donc, je ne puis me tromper dans ma description. La coupe de son habit, simple et austère, oscillait entre les modes asiatique et européenne ; il portait un léger casque d'or, orné de pierres précieuses et d'un plumet au cimier. Au cas où je me serais libéré de mes liens, il brandissait son épée, prêt à se défendre. Elle mesurait près de trois pouces, la garde et le fourreau en or incrusté de diamants. Il parlait d'une voix aiguë, mais avec une énonciation si claire que je l'entendais distinctement. Les dames et les courtisans étaient somptueusement vêtus et leur groupe évoquait un jupon étalé sur le sol, brodé de silhouettes d'or et d'argent. Sa Majesté Impériale me parla d'abondance et je lui répondis, sans qu'aucun de nous deux comprît une syllabe du discours de l'autre. On donna ordre aux prêtres et hommes de loi présents (reconnaissables à leurs habits) de s'adresser à moi et j'essayai toutes les langues dont je possédais quelques rudiments, c'est-à-dire le haut et le bas allemand, le latin, le français, l'espagnol, l'italien et la *lingua franca* ; en pure perte.

Au bout de deux heures, la Cour se retira et me laissa en compagnie d'une garde imposante pour me protéger de l'insolence et même de la cruauté de la foule. Certains eurent l'impudence de me viser de leurs flèches tandis que je m'asseyais à terre près de la porte de ma demeure, si bien que je faillis avoir l'œil gauche crevé. Le colonel fit arrêter six des meneurs et n'imagina pas meilleur châtiment que de me les livrer entravés. Je les pris dans ma main droite. J'en rangeai cinq dans la poche de ma veste ; le sixième, je fis mine de l'avaler tout cru. Le pauvre homme poussa des cris d'orfraie, le colonel et ses officiers étaient accablés, surtout quand ils me virent prendre mon canif. Mais je calmai rapidement leurs craintes. L'air bienveillant, je tranchai immédiatement ses liens et le posai doucement à terre ; il s'enfuit sans attendre. Je fis subir le même traitement aux autres, les sortant un par un de ma poche. Les soldats tout autant que la foule me furent très reconnaissants de cette marque de clémence, qu'on rapporta à la Cour pour mon plus grand bénéfice.

À la tombée de la nuit, j'entrai, non sans difficultés, dans ma maison où je m'allongeai par terre ; je dormis ainsi pendant quinze jours, le temps que l'on me préparât un lit, comme l'avait ordonné l'Empereur. On me livra dans des charrettes six cents matelas. Après en avoir assemblé cent cinquante pour obtenir la bonne taille, on entassa le reste sur quatre épaisseurs qui, cependant, ne m'épargnaient que très médiocrement la dureté du sol, fait de pierre lisse. On me fournit également des draps, des couvertures et une courtepointe, des conditions acceptables pour quelqu'un d'aussi peu soucieux de son confort que moi.

Quand la nouvelle de mon arrivée se répandit dans le royaume, un nombre incroyable de curieux, de riches et de désœuvrés se déplacèrent pour me voir. Les villages s'en trouvèrent presque désertés et les travaux agricoles et domestiques auraient été bien négligés si Sa Majesté Impériale n'avait sévi par plusieurs proclamations et ordonnances d'État. Il fut établi que ceux qui m'avaient déjà vu devaient rentrer chez eux et ne pas s'approcher à moins de cinquante yards de ma demeure sans une autorisation de la Cour.

Cependant, l'Empereur réunissait fréquemment le Conseil pour débattre de la conduite à adopter à mon égard ; un ami personnel, un haut dignitaire qui avait la réputation d'être bien informé, me confia que j'étais un sujet d'embarras pour la Cour. Ils redoutaient que je m'évade, ou que je coûte si cher à nourrir que cela provoque une disette. Ils envisagèrent de m'affamer, ou de cribler mon visage et mes mains de flèches empoisonnées qui m'auraient vite expédié dans l'autre monde. Mais ils réfléchirent alors que la puanteur d'une si énorme carcasse risquait de provoquer une épidémie de peste dans la capitale, qui gagnerait sans doute tout le royaume. Au milieu de ces débats, plusieurs officiers se présentèrent à la porte de la salle du Conseil ; ils firent le récit de mon attitude envers les six criminels ci-dessus mentionnés, récit qui gagna à ma cause Sa Majesté et l'ensemble du Conseil. Si bien qu'on créa une commission impériale de réquisition, obligeant les villages dans un rayon de neuf cents yards autour de la ville à livrer tous les matins six bœufs et quarante moutons, en même temps qu'une quantité de pain et de vin en proportion.

Pour les dédommager honnêtement, Sa Majesté puisait dans son trésor. Car ce prince vivait surtout sur ses propres biens et ne collectait que rarement des impôts auprès de ses sujets, qui étaient tenus de l'accompagner à la guerre à leurs frais. On créa pour mon service une maison de six cents personnes ; en plus de les rémunérer, on leur construisit des tentes de chaque côté de ma porte, ce qui s'avéra fort commode. Par ailleurs, il fut décidé que trois cents tailleurs me coudraient un costume à la mode du pays ; six érudits, parmi les meilleurs du royaume, m'enseigneraient leur langue. Les chevaux de l'Empereur, de la noblesse et des Gardes feraient régulièrement l'exercice en ma présence, afin de les habituer à moi. Tous ces ordres furent dûment exécutés et au bout de trois semaines, j'avais beaucoup progressé dans l'acquisition de leur langue ; durant cette période, l'Empereur me fit fréquemment l'honneur de sa visite, heureux d'aider mes maîtres dans leur enseignement. Nous commencions d'ores et déjà à discuter ; mes premiers mots furent pour exprimer le désir de le voir me rendre ma liberté, désir que je répétais chaque jour à genoux. Il répondait qu'il fallait laisser le temps faire son œuvre, qu'il n'y fallait pas songer sans consulter son Conseil et que d'abord, je devais *lumos kelmin pessa desmar lon emposo* ; c'est-à-dire m'engager à vivre en paix dans ce royaume. D'ici là, on me traiterait avec toute la générosité possible et il me conseillait de gagner l'estime de ses sujets par ma patience et ma bonne conduite. Il souhaitait que je ne prenne pas ombrage s'il donnait ordre à ses officiers de me fouiller ; car les armes que je transportais devaient être dangereuses si elles étaient à la mesure d'un individu aussi énorme. Je répondis moitié par des mots, moitié par des gestes que j'étais prêt à me dévêtir et à retourner mes poches devant Sa Majesté. Il m'expliqua que, conformément aux lois du royaume, je devais être fouillé par deux de ses officiers. Il savait qu'ils n'y parviendraient pas sans mon aide et consentement ; mais il avait si bonne opinion de ma générosité et de mon sens de la justice qu'il n'hésitait pas à remettre le sort de ses gens entre mes mains. Tout ce qu'ils me prendraient me serait rendu ou payé au prix que je voudrais bien fixer au moment où je quitterais le pays.

Je pris ces deux officiers dans mes mains ; je les glissai d'abord dans les poches de mon manteau, ensuite dans toutes les autres, à l'exception de mes deux goussets et d'une autre poche secrète, où je gardais quelques objets indispensables qui n'avaient d'intérêt que pour moi-même. Dans un gousset, se trouvait une montre en argent et dans l'autre, une bourse contenant une petite quantité d'or. Ces messieurs, munis d'encre et de papier, dressèrent l'inventaire de tout ce qu'ils voyaient ; et lorsque ce fut terminé, ils me demandèrent de les reposer à terre afin d'aller rendre compte à l'Empereur. Cet inventaire, je l'ai traduit en anglais et le voici mot pour mot.

IMPRIMIS, dans la poche droite du manteau du Grand-Homme-Montagne (c'est ainsi que j'interprète les mots *Quinbus Flestrin*) *après une fouille minutieuse, nous n'avons trouvé qu'un seul morceau de tissu grossier, assez vaste pour servir de tapis dans la salle du trône. Dans la poche gauche, nous avons vu un énorme coffret d'argent, avec un couvercle du même métal que nous, les fouilleurs, n'avons pas réussi à soulever. Nous l'avons fait ouvrir et l'un de nous est entré dedans, se retrouvant jusqu'à mi-jambe dans une espèce de poussière qui a volé jusqu'à nos visages, nous amenant tous les deux à éternuer à plusieurs reprises. Dans la poche droite de son gilet, nous avons trouvé une étonnante liasse faite d'une mince matière blanche, repliée jusqu'à atteindre la grosseur de trois hommes, reliée par une corde solide et marquée de signes noirs ; ce que, en toute humilité, nous avons estimé être de l'écriture, chaque lettre large comme une demi-paume. Dans la poche gauche, il y avait un objet étrange, vingt longs pieux qui ressemblaient à la palissade érigée devant le château de Votre Majesté. Nous pensons que c'est avec cet objet que l'Homme-Montagne se coiffe mais nous n'avons pas voulu l'importuner par nos questions parce que nous avions beaucoup de difficultés à nous faire comprendre de lui. Dans la vaste poche droite de son cache-milieu* (je traduis ainsi le mot *ranfu-lo*, qui désignait pour eux ma culotte), *nous avons vu un montant de fer creux, grand comme un homme, fixé à un solide morceau de bois, plus gros que le montant ; sur le côté, sortaient de grosses pièces métalliques, découpées de manière étrange, dont nous ne savions que penser. Dans la poche gauche, un autre engin de même nature. Dans la poche plus petite à droite, plusieurs disques de métal rouge et blanc, de tailles différentes ; certains des blancs, qui semblaient être en argent, étaient si grands et si lourds que mon camarade et moi pouvions à peine les soulever. À gauche, il y avait deux montants noirs de forme irrégulière : il nous a été très difficile d'atteindre leur sommet alors que nous nous trouvions au fond de la poche. L'un d'eux était bouché et paraissait tout d'une pièce ; mais à l'extrémité supérieure de l'autre, nous avons découvert quelque chose de blanc et rond, gros deux fois comme nos têtes. Dans chacun de ces montants était enfermée une étonnante plaque d'acier ; que, conformément à nos ordres, nous l'avons obligé à nous montrer, car nous craignions qu'il ne s'agît d'objets dangereux. Il les a sorties de leurs fourreaux et nous a expliqué que, dans son pays, il avait l'habitude de se raser la barbe avec l'un des deux et de couper sa viande avec l'autre. Il y avait deux poches dans lesquelles nous n'avons pas pu pénétrer. Il les nommait ses goussets ; deux larges fentes coupées en haut de son cache-milieu, mais fermées hermétiquement par la pression de son ventre. Du gousset droit pendait une grande chaîne d'argent au bout de laquelle était accroché un engin proprement merveilleux. Nous lui avons enjoint de le sortir ; c'était un globe, moitié en argent, moitié en métal transparent ; sur le côté transparent, nous avons vu des figures étranges dessinées en rond et nous avons cru pouvoir les toucher mais nos doigts se sont trouvés arrêtés par cette substance translucide. Il a porté cet engin à nos oreilles : il fait un bruit incessant comme un moulin à eau. Nous pensons qu'il s'agit d'un animal inconnu ou encore du dieu qu'il vénère. Nous penchons plutôt pour la deuxième hypothèse, car il nous a affirmé (si nous l'avons correctement compris, car il s'exprime bien mal) qu'il fait rarement quelque chose sans le consulter. Il l'a appelé son oracle en disant qu'il rythme le temps pour tous les moments de son existence. Du gousset gauche, nous avons sorti un filet presque assez grand pour pêcher, mais prévu pour s'ouvrir et se fermer comme une bourse et c'est d'ailleurs l'usage qu'il en a. Nous avons trouvé dedans plusieurs lourdes pièces de métal jaune qui, si elles sont en or véritable, doivent représenter une jolie fortune.*

Ayant ainsi, conformément aux ordres de Sa Majesté, minutieusement fouillé toutes ses poches, nous avons ensuite remarqué une ceinture autour de sa taille ; ceinture à laquelle pend, à gauche, une épée longue comme cinq hommes. Et à droite, une besace ou une musette divisée en deux compartiments, chacun assez vaste pour contenir trois sujets de Votre Majesté. Dans l'un de ces compartiments, il y avait plusieurs balles métalliques, grosses comme une tête et d'un poids considérable. L'autre compartiment contenait des grains noirs, dont ni la taille ni le volume n'étaient imposants puisque nous aurions pu en saisir une cinquantaine dans la main.

Ceci est un inventaire exact de ce que nous avons découvert sur le corps de l'Homme-Montagne, qui a usé avec nous d'une grande courtoisie et s'est montré très respectueux des ordres de Votre Majesté.

Signé et scellé le quatrième jour de la quatre-vingt-neuvième lune du règne prospère de Votre Majesté.

CLEFREN FRELOCK,
MARSI FRELOCK

L'Empereur m'ordonna, en termes fort civils, de lui remettre certains objets. D'abord mon épée que je détachai, fourreau compris. Me voyant faire, il demanda à trois mille soldats de ses troupes d'élite de m'encercler, arcs bandés ; mais ceci m'échappa, car je ne quittais pas Sa Majesté des yeux. Il voulut que je dégaine. J'obéis et aussitôt, toute la troupe poussa un cri de terreur et de surprise ; le soleil brillait dans le ciel et quand je fis des moulinets, ils se retrouvèrent éblouis. Sa Majesté, qui est un prince des plus courageux, fut moins impressionnée que je ne m'y attendais ; il m'enjoignit de ranger mon épée dans son fourreau et de la jeter à terre aussi doucement que possible. Ensuite, il voulut un des montants de fer creux, qui n'étaient rien d'autre qu'un de mes pistolets de poche. Je le sortis et j'entrepris de lui en expliquer l'usage. Le chargeant uniquement de poudre qui, grâce à l'étanchéité de ma musette, n'avait pas été détrempée par l'eau de mer, après avoir prévenu l'Empereur de ne pas avoir peur, je tirai un coup en l'air. Des centaines de soldats tombèrent comme si la mort les avait frappés ; et l'Empereur, même s'il faisait bonne figure, fut ébranlé. Je lui remis mes pistolets, puis ma musette de poudre et de balles ; je le priai de bien vouloir garder celle-ci loin du feu, car la moindre étincelle suffirait à l'enflammer et le palais de Sa Majesté se retrouverait projeté dans les airs. Je remis également ma montre, que Sa Majesté était très curieuse d'examiner ; il ordonna à deux de ses plus grands hallebardiers de la porter sur les épaules posée sur un bâton. Il était émerveillé par ce bruit continu et par le mouvement de l'aiguille des minutes, qu'il n'avait aucun mal à observer, car leur vue est bien meilleure que la nôtre. Il interrogea tous les savants qui l'entouraient sur l'usage de cet objet ; ceux-ci émirent des avis variés et fort éloignés de la vérité. Je donnai ensuite mes pièces de cuivre et d'argent, ma bourse qui contenait neuf grosses pièces d'or et quelques-unes plus petites ; mon couteau et mon rasoir, mon peigne et ma tabatière en argent, mon mouchoir et mon journal. Mon épée, mes pistolets et ma musette furent emportés dans des charrettes jusqu'aux magasins de Sa Majesté ; mais le reste de mes possessions me fut rendu.

Une poche secrète avait échappé à leurs investigations ; on y trouvait une paire de lunettes, un télescope de poche et plusieurs autres objets utiles ; comme ils ne présentaient aucun danger pour l'Empereur, l'honneur ne m'obligeait pas à les lui montrer et je craignais, si je m'en séparais, qu'ils ne fussent perdus ou abîmés.

3

L'auteur divertit l'Empereur et la noblesse des deux sexes d'une manière très surprenante. Description des distractions à la Cour de Lilliput. L'auteur retrouve sa liberté mais sous certaines conditions.

Ma courtoisie et ma bonne conduite avaient si bien conquis l'Empereur et sa Cour, et même l'armée et le peuple tout entier, que je me pris à espérer recouvrer rapidement ma liberté. Je faisais de moins en moins peur aux indigènes. Il m'arrivait de m'allonger par terre et d'en laisser cinq ou six danser sur ma main. Les enfants n'hésitaient plus à venir jouer à cache-cache dans ma chevelure. J'avais fait des progrès appréciables dans leur langue.

Un jour, l'Empereur eut l'idée de me divertir en me présentant plusieurs spectacles magnifiques, un art où ce peuple excelle. Je fus surtout fasciné par la danse sur une corde raide.

Seuls ceux qui sont bien en Cour et candidats aux plus hautes fonctions peuvent prétendre le pratiquer. Ils s'y entraînent dès leur plus jeune âge, sans être obligatoirement de noble naissance ou d'éducation avancée. Lorsqu'une charge d'importance se trouve libérée par un décès ou une disgrâce, cinq ou six candidats sollicitent l'honneur de divertir Sa Majesté et la Cour en dansant sur une corde raide. La charge vacante revient à celui qui saute le plus haut sans tomber. Afin de convaincre l'Empereur qu'ils n'ont rien perdu de leurs talents, les ministres en place sont régulièrement priés de montrer leur dextérité. Flimnap, le Grand Argentier, gambade sur la corde raide, au moins un pouce plus haut que n'importe quel autre seigneur de l'empire. Je l'ai vu enchaîner les sauts périlleux sur un tranchoir fixé sur la corde, qui n'est guère plus épaisse qu'une de nos ficelles en Angleterre. Mon ami Reldresal, secrétaire principal aux Affaires privées, vient, en toute impartialité, en deuxième place après le Grand Argentier ; le reste des dignitaires est à égalité derrière.

Ces divertissements sont souvent marqués par des accidents mortels. J'ai moi-même vu deux ou trois candidats se briser un membre. Le danger est encore plus grand lorsque ce sont les ministres qui se produisent ; parce que, dans leur volonté de se surpasser et de dépasser leurs collègues, ils forcent à tel point que la chute est inévitable.

On donne en certaines occasions un autre spectacle réservé à l'Empereur, l'Impératrice et le Premier ministre. L'Empereur étale sur une table trois rubans de soie de six pouces de long. Un bleu, un rouge et un vert. Ces rubans sont destinés à ceux que Sa Majesté a choisis de distinguer par une faveur spéciale. La cérémonie se déroule dans la salle du trône, où les candidats subissent une épreuve de dextérité très différente de la précédente et sans équivalent dans aucun pays du Vieux et du Nouveau Monde. L'Empereur tient un bâton à la main, les deux extrémités parallèles à l'horizon ; les candidats s'avancent l'un après l'autre, sautant par-dessus ou rampant d'avant en arrière et d'arrière en avant, suivant la façon dont le bâton est placé. Parfois, l'Empereur tient un bout du bâton et son Premier ministre l'autre ; parfois, le ministre seul en a la charge. Le plus agile et le plus endurant est récompensé par la soie de couleur bleue ; la rouge revient au suivant et la verte au troisième. Cette décoration se porte enroulée deux fois autour de la taille et presque tout le monde à la Cour arbore l'une de ces ceintures.

Après avoir travaillé tous les jours devant moi, les chevaux de l'armée et des écuries royales n'étaient plus intimidés. Leurs cavaliers les faisaient sauter par-dessus ma main posée sur le sol et même l'un des veneurs de l'Empereur, monté sur un fort destrier, n'hésita pas à prendre mon pied tout chaussé ; ce qui représentait un saut prodigieux.

J'eus le bonheur de distraire un jour l'Empereur de la façon la plus extraordinaire qui fût. J'enfonçai fermement neuf bâtons dans la terre pour former un carré de deux pieds carrés et j'en pris quatre autres que je fixai horizontalement à mi-hauteur. J'attachai mon mouchoir aux neuf bâtons verticaux et tirai dessus jusqu'à ce qu'il fût aussi tendu que la peau d'un tambour ; les quatre bâtons horizontaux formaient une balustrade. Cette tâche achevée, je voulus que vingt-quatre des meilleurs chevaux de l'Empereur fassent l'exercice sur cette plaine. Sa Majesté accepta et je les saisis l'un après l'autre dans ma main, tout harnachés, montés par leurs cavaliers. Dès qu'ils furent rangés, ils se divisèrent en deux camps pour donner la plus belle démonstration de manœuvres militaires auxquelles il m'ait été donné d'assister. Les bâtons horizontaux les empêchaient de tomber de l'estrade. L'Empereur fut tellement ravi qu'il voulut répéter ce spectacle et souhaita mener lui-même les opérations. Il réussit non sans mal à convaincre l'Impératrice de me laisser l'amener dans sa chaise à porteurs à deux yards de la scène afin qu'elle pût profiter du spectacle. Par bonheur, aucun accident grave ne se produisit ; simplement, un cheval fougueux, trouant mon mouchoir d'un coup de sabot, glissa et son cavalier aussi. Je les relevai aussitôt et, couvrant le trou d'une main, je descendis les troupes de l'autre, comme je les avais fait monter. Le cheval qui était tombé avait l'épaule gauche abîmée mais le cavalier était indemne et moi, je réparai mon mouchoir du mieux que je pus.

Deux ou trois jours avant qu'on ne me rendît ma liberté, arriva un messager. Il informait Sa Majesté que quelques-uns de ses sujets, chevauchant près de l'endroit où on m'avait découvert, avaient aperçu par terre un gros objet noir, de forme très étrange, avec des bords arrondis larges comme la chambre à coucher de Sa Majesté et surélevé en son milieu jusqu'à atteindre la hauteur d'un homme ; ce n'était pas une créature vivante, comme ils l'avaient d'abord craint, car cela demeurait sur l'herbe sans bouger et ils en avaient fait le tour à plusieurs reprises. Le sommet, qu'ils avaient atteint en montant sur les épaules les uns des autres, était plat et lisse et rendait un son creux quand ils marchaient dessus ; ils en avaient conclu qu'il s'agissait de quelque chose appartenant à l'Homme-Montagne et si Sa Majesté le désirait, ils pouvaient le rapporter avec seulement cinq chevaux. Je compris immédiatement de quoi il retournait et j'en fus heureux. Après notre naufrage, j'avais perdu mon chapeau avant d'atteindre l'endroit où je m'étais endormi. Je priai Sa Majesté Impériale de donner des ordres pour qu'on me le rapporte, en lui décrivant l'usage et la nature de l'objet. Les rouliers obéirent dès le lendemain, mais mon chapeau n'était plus en très bon état ; à un pouce et demi du bord, ils avaient percé deux trous pour y fixer des crochets reliés par une corde au harnais et ainsi, mon chapeau avait été tiré sur plus d'un demi-mile anglais. Mais dans ce pays, la terre n'a ni bosse ni creux et il était donc moins endommagé que je ne le craignais.

Deux jours après cette aventure, l'Empereur eut la fantaisie de s'amuser d'une manière bien étrange. Il voulut que je me dresse comme un colosse, les jambes le plus écartées possible. Il commanda ensuite à son général (un vieux chef plein d'expérience et un de mes grands protecteurs) de rassembler ses troupes en colonne pour passer sous moi, l'infanterie par rangs de vingt-quatre et la cavalerie par rangs de seize, tambours battant, drapeaux au vent et piques en avant. Ce corps était constitué de trois mille fantassins et mille cavaliers. Sa Majesté exigea que chaque soldat observât, sous peine de mort, la plus stricte décence à l'égard de ma personne. Cependant, cette menace n'empêcha pas certains officiers, parmi les plus jeunes, de lever les yeux tandis qu'ils passaient entre mes jambes. Et pour être franc, ma culotte était à l'époque en si piètre état qu'ils trouvèrent là matière à rire et à s'émerveiller.

J'avais envoyé tant de requêtes et de pétitions réclamant ma liberté que Sa Majesté finit par mentionner l'affaire d'abord devant le Cabinet puis devant le Conseil ; où nul ne s'y opposa, si ce n'est Skyresh Bolgolam, qui était heureux d'être mon ennemi mortel, sans que rien ne l'y ait provoqué. Mais toute la Chambre le récusa, soutenue par l'Empereur. Ce ministre, un *galbet*, c'est-à-dire un amiral du royaume, à qui rien n'échappait et qui bénéficiait de toute la confiance de son roi, était de tempérament morose et revêche. Néanmoins, il finit par céder ; mais exigea de rédiger lui-même les articles et conditions de ma liberté, que je devais jurer de respecter. Il me les apporta en personne, escorté de deux sous-secrétaires et de plusieurs dignitaires. Après en avoir écouté la lecture, je dus prêter serment ; d'abord, selon la coutume de mon propre pays et ensuite selon la méthode prescrite par leurs lois ; je devais prendre mon pied droit dans ma main gauche, poser le majeur de ma main droite sur le sommet de mon crâne et le pouce sur le lobe de mon oreille droite. J'ai effectué la traduction de tout le document et je l'offre maintenant au public.

GOLBASTO MOMAREN EVLAME GURDILO SHEFIN MULLY ULLY GUE, *Empereur tout-puissant de Lilliput, terreur et délices de l'Univers, dont l'autorité s'exerce sur cinq mille* blugstrugs *(environ douze miles de circonférence) jusqu'aux confins du globe ; monarque de tous les monarques, plus grand que les fils des hommes ; dont les pieds s'enfoncent dans le cœur de la terre et la tête touche le soleil ; dont l'opinion fait trembler sur leurs jambes les princes du monde ; agréable comme le printemps, rassurant comme l'été, fécond comme l'automne, rigoureux comme l'hiver. Sa très sublime Majesté propose à l'Homme-Montagne, débarqué récemment sur notre terre céleste, les articles suivants, auxquels, par un serment solennel, il sera contraint d'obéir.*

PREMIÈREMENT, *l'Homme-Montagne ne quittera pas le pays sans notre autorisation dûment scellée.*

DEUXIÈMEMENT, *il ne se rendra pas dans notre capitale sans notre ordre exprès ; auquel cas, les habitants seront prévenus deux heures à l'avance de rester chez eux.*

TROISIÈMEMENT, *ledit Homme-Montagne limitera ses promenades aux grandes routes et n'aura pas le droit de marcher ou de s'étendre dans un pré ou un champ cultivé.*

QUATRIÈMEMENT, *en parcourant lesdites routes, il prendra grand soin de ne pas piétiner les corps de nos bien-aimés sujets, leurs chevaux et leurs charrettes ; il s'interdira également de saisir lesdits sujets dans ses mains, sans leur consentement clair.*

CINQUIÈMEMENT, *en cas de courrier urgent, l'Homme-Montagne sera tenu, six jours par lune, de transporter le messager et sa monture dans sa poche et ramener ledit messager (si on lui en a donné l'ordre) en notre Impériale présence.*

SIXIÈMEMENT, *il sera notre allié contre nos ennemis de l'Île de Blefuscu et fera tout ce qui est en son pouvoir pour détruire leur flotte, qui se prépare justement à venir nous envahir.*

SEPTIÈMEMENT, *ledit Homme-Montagne, à ses heures de loisir, devra assister nos ouvriers, en les aidant à soulever les grosses pierres pour rehausser le mur du grand parc et nos autres chantiers royaux.*

HUITIÈMEMENT, *ledit Homme-Montagne fera, dans un délai de deux lunes, une estimation précise de la circonférence de nos territoires en comptant ses pas tout au long de la côte.*

ENFIN, *en échange de son serment solennel d'observer tous les articles susmentionnés, ledit*

Homme-Montagne recevra chaque jour une quantité de nourriture et de boisson correspondant aux besoins de mille sept cent vingt-huit de nos sujets, bénéficiera d'un libre accès à notre royale personne et d'autres marques de notre bienveillance.

Établi en notre palais de Belfaborac le douzième jour de la quatre-vingt-onzième lune de notre règne.

Je signai ce document et prêtai serment avec beaucoup de joie et de plaisir, même si certains articles étaient plus humiliants que je ne l'aurais souhaité ; mais je les devais entièrement à la vilenie de Skyresh Bolgolam, le grand amiral. On me libéra ensuite de mes chaînes et je retrouvai ma liberté ; l'Empereur lui-même me fit l'honneur d'assister à la cérémonie. Je lui montrai ma gratitude en me prosternant à ses pieds. Mais il m'enjoignit de me relever. Après mille amabilités que, pour éviter d'être taxé de vanité, je ne répéterai pas, il ajouta qu'il espérait trouver en moi un serviteur utile, méritant toutes les faveurs qu'il m'avait déjà prodiguées ou qu'il me réservait pour l'avenir.

Le lecteur s'amuse peut-être en remarquant que, dans le dernier article de mon contrat de liberté, l'Empereur stipule que je dois recevoir une quantité de nourriture et de boisson correspondant aux besoins de mille sept cent vingt-huit Lilliputiens. Lorsque j'interrogeai un ami à la Cour sur la façon dont ils étaient parvenus à un chiffre aussi précis, il m'expliqua que les mathématiciens de Sa Majesté, après m'avoir mesuré à l'aide d'un sextant, avaient découvert que j'étais plus grand qu'eux dans une proportion de un à douze. Ils en conclurent, en fonction de la similitude de nos corps, que le mien pouvait contenir mille sept cent vingt-huit des leurs. Ainsi, le lecteur peut se faire une idée de l'ingéniosité de ce peuple ainsi que de l'économie prudente et précise de leur grand prince.

4

Description de Mildendo, la capitale de
Lilliput, ainsi que du palais de l'Empereur.
Une conversation entre l'auteur et
un secrétaire principal, à propos des
affaires de cet empire. L'auteur propose à
l'Empereur de faire la guerre avec lui.

Dès que j'eus obtenu ma liberté, je réclamai l'autorisation de voir Mildendo, la capitale ; ce que l'Empereur m'accorda, à la condition que je ne cause aucun dommage aux habitants et à leurs demeures. On avisa la population de mes intentions par proclamation. La ville était ceinte d'un mur de deux pieds et demi de haut et au moins onze pouces de large, ce qui permettait à une voiture attelée de circuler en toute sécurité. Tous les dix pieds, ce rempart était flanqué d'une grosse tour. J'enjambai en douceur la grande porte de l'ouest et déambulai dans les deux rues principales, vêtu seulement de mon gilet car je craignais d'abîmer les toits et les corniches des maisons avec les pans de ma veste. Je marchais avec la plus grande circonspection pour éviter de piétiner quelque passant, en dépit des consignes très strictes : nul ne devait sortir, sous peine de périr. Les fenêtres des mansardes et les toits étaient tellement bourrés de spectateurs que je crois bien, dans tous mes voyages, n'avoir jamais vu ville aussi peuplée. Elle formait un carré parfait, de cinq cents pieds de côté. Les deux grandes rues transversales la divisaient en quatre quarts, chacun de cinq pieds de large. Les ruelles et les allées dans lesquelles je ne pouvais pas pénétrer faisaient entre douze et dix-huit pouces. Cinq cent mille âmes habitaient cette ville. Les maisons avaient entre trois et cinq étages. Les magasins et les marchés regorgeaient de marchandises.

Le palais de l'Empereur se dressait en plein

centre, à l'intersection des deux grandes rues. Il était entouré d'une muraille de deux pieds de haut, construite à vingt pieds des bâtiments. Sa Majesté m'avait autorisé à enjamber ce mur ; et comme derrière, l'espace était dégagé, je pus observer aisément le palais sur toutes ses faces. La cour extérieure était un carré de quarante pieds dans laquelle on en trouvait deux autres. La plus intérieure, c'était celle des appartements royaux ; j'avais très envie de les voir mais ce n'était pas chose simple. Car les grandes portes qui permettaient de passer d'une cour à l'autre ne faisaient que dix-huit pouces de haut et sept de large. Par ailleurs, les bâtiments de la cour extérieure mesuraient au moins cinq pieds de haut et je ne pouvais les enjamber sans les abîmer, même si les murailles étaient solidement bâties en pierre de taille de quatre pouces d'épaisseur. L'Empereur lui-même désirait vivement me montrer la somptuosité de son palais. Il me fallut trois jours pour accéder à ce désir, durant lesquels je m'employai à couper avec mon couteau quelques-uns des plus gros arbres du parc royal, à une centaine de yards de la ville. Je fabriquai ainsi deux tabourets de trois pieds de haut, capables de supporter mon poids. Dans la cour extérieure, je grimpai sur l'un des deux, et fis passer l'autre par-dessus le toit avant de le déposer entre la première et la seconde cour, un espace de huit pieds de large. Ensuite, il me fut facile d'enjamber les bâtiments en passant d'un tabouret à l'autre, après avoir rattrapé le premier à l'aide d'un bâton recourbé. Grâce à ce stratagème, je pus entrer dans la cour intérieure ; m'allongeant sur le flanc, je collai mon visage aux fenêtres des étages intermédiaires, qu'on avait laissées ouvertes dans ce but. Je découvris alors les plus somptueux appartements que l'on puisse imaginer. Je vis l'Impératrice et les jeunes princes dans leurs logis, entourés de leurs suites. Sa Majesté l'Impératrice eut la bonté de me sourire fort gracieusement et de me donner sa main à baiser par la fenêtre.

Un matin, quinze jours peut-être après l'obtention de ma liberté, Reldresal, le secrétaire principal des Affaires privées, vint chez moi, escorté par un seul domestique. Il ordonna à son cocher d'attendre à distance et me demanda une heure d'audience. Je lui proposai de m'allonger, pour qu'il pût commodément atteindre mon oreille ; il préféra mener la conversation installé dans ma main. Il commença par me féliciter de ma liberté en arguant qu'il pouvait s'en attribuer quelque mérite.

Cependant, ajouta-t-il, si la situation avait été différente à la Cour, je n'aurais sans doute pas obtenu gain de cause si rapidement. Parce que, dit-il, même si nous paraissons prospères aux yeux des étrangers, nous sommes aux prises avec deux fléaux majeurs ; une cabale violente à l'intérieur du pays et, à l'extérieur, un puissant ennemi menace de nous envahir. Pour la première, il faut savoir que, depuis plus de soixante-dix lunes, cohabitent dans cet empire deux partis adverses qu'on distingue par la hauteur de leurs talons, les Tramecksan ou Hauts-Talons et les Slamecksan ou Bas-Talons. On prétend que les Hauts-Talons seraient davantage en accord avec notre antique Constitution. Néanmoins, Sa Majesté a décidé de ne nommer dans son gouvernement et à toutes les charges dépendant de la Couronne que des Bas-Talons, comme vous n'avez pu manquer de le remarquer ; sans compter que les talons de Sa Majesté Impériale ont un bon *drurr* de moins que ceux du reste de la Cour (le *drurr* représente environ un quatorzième de pouce). L'animosité entre les deux partis est si vive qu'il n'est plus question de partager un repas, ni même de se parler. Les

Tramecksan, ou Hauts-Talons, sont supérieurs en nombre ; mais le pouvoir est totalement entre nos mains. Cependant, nous craignons que Son Altesse Impériale, l'héritier de la couronne, n'ait des sympathies pour les Hauts-Talons ; du moins, il apparaît clairement qu'un de ses talons est plus haut que l'autre, ce qui le fait boiter.

En plus de toutes ces querelles intestines, l'île de Blefuscu, l'autre grand empire de l'univers, presque aussi vaste et puissant que celui de Sa Majesté, menace de nous envahir. Quant à ce que nous vous avons entendu affirmer, à savoir qu'il existe d'autres royaumes et d'autres États de par le monde, habités par des créatures aussi grosses que vous, nos philosophes demeurent dubitatifs et sont plutôt prêts à penser que vous êtes tombé de la Lune ou d'une étoile ; parce que, à coup sûr, une centaine de mortels de votre gabarit détruiraient en fort peu de temps l'intégralité des récoltes et du bétail des territoires de Sa Majesté. En outre, notre histoire, qui remonte à six mille lunes, ne fait nulle part allusion à d'autres pays que les deux grands empires de Lilliput et de Blefuscu. Ces deux puissances sont engagées dans une guerre des plus obstinées depuis trente-six lunes.

Voilà comment cela commença. Il est de notoriété publique que, de façon ancestrale, on mange les œufs à la coque par le gros bout. Mais le grand-père de Sa Majesté, quand il était enfant, alors qu'il s'apprêtait à manger un œuf à la coque en l'ouvrant à l'ancienne, se coupa le doigt. Aussitôt, l'Empereur son père décréta que tous ses sujets devaient manger leur œuf par le petit bout, sous peine de sanction. Cette loi fut si impopulaire que l'histoire nous apprend qu'elle provoqua pas moins de six révoltes ; un Empereur y laissa sa vie et un autre sa couronne. Ces troubles civils étaient toujours fomentés par les monarques de Blefuscu ; en cas de répression, les exilés couraient se réfugier dans cet empire. On estime que onze mille personnes préférèrent mourir plutôt que d'accepter de manger leur œuf par le petit bout. Cette controverse fut à l'origine de plusieurs centaines de gros ouvrages. Mais les livres des Gros-Boutistes furent longtemps interdits et une loi empêchait leurs partisans d'occuper un emploi. Les Empereurs de Blefuscu nous adressèrent maintes remontrances par l'intermédiaire de leurs ambassadeurs. Ils nous accusèrent de provoquer un schisme religieux, en allant à l'encontre d'une doctrine fondamentale de notre grand prophète Lustrog, dans le cinquante-quatrième chapitre de la *Blundecral* (l'équivalent de leur Alcoran). Cependant, on considère qu'il s'agit plutôt en l'occurrence d'une simple déformation du texte. Car voici ce qui est écrit : « Tous les vrais croyants casseront leurs œufs par le bon bout. » Quant à savoir où est le bon bout, à mon humble avis, qu'on laisse cela à la conscience de chacun ou du moins, à l'autorité du Premier Magistrat. Les Gros-Boutistes en exil ont si bien su plaider leur cause auprès de l'Empereur de Blefuscu et leurs partisans bénéficient ici d'un tel soutien clandestin qu'une guerre sanglante se déroule entre les deux empires depuis trente-six lunes avec des succès variés. Depuis le début, nous avons perdu quarante gros navires et encore davantage de bateaux de moindre tonnage, ainsi que trente mille de nos meilleurs marins et soldats. Et on dit que les pertes de l'ennemi sont pires que les nôtres. Cependant, ils ont armé une flotte importante et s'apprêtent à nous envahir ; Sa Majesté Impériale, qui place toute sa confiance dans votre courage et votre force, m'a demandé de vous faire le récit de cette affaire.

Je répondis que le Secrétaire devait présenter mes humbles devoirs à l'Empereur et lui faire savoir qu'il ne me semblait pas convenable que moi, un étranger, j'interfère dans leurs querelles de partis ; mais j'étais prêt, au péril de ma vie, à défendre sa personne et son empire contre tous les envahisseurs.

5

L'auteur, par un stratagème extraordinaire, empêche une invasion. Il reçoit une haute distinction. Arrivée des ambassadeurs de l'Empereur de Blefuscu, désireux de conclure la paix. Les appartements de l'Impératrice prennent feu accidentellement ; l'auteur contribue à sauver le reste du palais.

L'empire de Blefuscu est une île située au nord-nord-est de Lilliput, dont elle n'est séparée que par un bras de mer large de huit cents yards. Je ne la connaissais pas encore et, depuis qu'on m'avait annoncé cette invasion probable, j'évitais d'apparaître sur cette côte-là. Je craignais en effet d'être repéré par un des navires de l'ennemi, qui ignorait mon existence, toute communication entre les deux empires étant strictement interdite sous peine de mort, et notre Empereur ayant déclaré l'embargo sur tous les vaisseaux.

Je fis savoir à Sa Majesté que j'avais un projet : m'emparer de toute la flotte de l'ennemi. Comme nous l'avaient appris nos éclaireurs, elle était au mouillage, prête à prendre la mer au premier vent favorable. Je consultai les marins les plus expérimentés sur la profondeur du bras de mer, qu'ils avaient souvent sondé, et ils me dirent qu'au milieu et à marée haute, on avait des fonds de soixante-dix *glumgluffs*, ce qui représente environ six pieds en mesure européenne ; partout ailleurs, guère plus de cinquante *glumgluffs*. Je me dirigeai vers la côte nord-est, en face de Blefuscu, et, allongé derrière une colline, je sortis ma lunette d'approche pour examiner la flotte de l'ennemi à l'ancre : elle consistait en une cinquantaine de navires de guerre et un grand nombre de bateaux de transport. Je revins ensuite chez moi et ordonnai qu'on me fournît une grande quantité de câble très solide et des barres de fer. Le câble était gros comme de la ficelle et les barres de la taille d'une aiguille à tricoter. Je tressai le câble pour le renforcer et tordis trois barres ensemble, avant d'en recourber les extrémités en forme de crochet. Après avoir fixé cinquante crochets à autant de câbles, je revins sur la côte nord-est. J'ôtai ma veste, mes souliers et mes bas et entrai dans la mer en gilet de cuir, une demi-heure avant marée haute. Je commençai par marcher aussi vite que possible et au milieu, nageai sur environ trente yards avant d'avoir à nouveau pied ; j'atteignis la flotte en moins d'une demi-heure. Les soldats ennemis eurent si peur en me voyant qu'ils sautèrent tous à l'eau et se retrouvèrent au moins à trente mille sur le rivage. Dans le matériel que j'avais apporté, je pris les crochets que j'arrimai à chaque navire avant de nouer ensemble toutes les cordes. Tandis que je m'affairais, l'ennemi me criblait de milliers de flèches, dont la plupart se fichaient sur mes mains et mon visage ; outre la douleur cuisante qu'elles me causaient, elles me retardaient dans ma tâche. J'avais surtout peur pour mes yeux que j'aurais sûrement perdus si je n'avais brusquement imaginé une solution. Dans une poche secrète, je gardais une paire de lunettes. Je les installai solidement sur mon nez pour me protéger. Après avoir fixé les crochets, je tirai sur les câbles. Pas un bateau ne bougea car les ancres les retenaient au fond. Il me restait donc à mener à bien la partie la plus audacieuse de mon entreprise. Je lâchai les câbles et coupai résolument les amarres des navires, me retrouvant aussitôt le visage et les mains criblées de plus de cent flèches ; puis je repris les câbles et, sans aucune difficulté cette fois, tirai derrière moi cinquante des plus gros vaisseaux de guerre de l'ennemi.

Les Blefuscudiens furent d'abord abasourdis car ils imaginaient que je voulais seulement laisser les bâtiments partir à la dérive ou entrer en collision. Quand ils se rendirent compte que j'entraînai derrière moi la flotte entière en bon ordre, ils poussèrent un hurlement de rage et de désespoir. Une fois hors de portée de leurs arcs, je m'arrêtai pour me débarrasser de leurs flèches et m'enduire de la pommade qu'on m'avait donnée à mon arrivée. J'ôtai mes lunettes, attendis une heure que la marée redescendît et parvins sain et sauf au port royal de Lilliput.

Sur le rivage, l'Empereur et toute la Cour attendaient mon retour. Ils voyaient les navires avancer en arc de cercle mais moi, parce que j'avais de l'eau jusqu'à la poitrine, j'étais invisible. À mi-chemin, ce fut encore pire car j'avais de l'eau jusqu'à la nuque. L'Empereur en conclut que je m'étais noyé et que la flotte de l'ennemi déclenchait les hostilités. Mais il fut rapidement délivré de ses craintes car le fond remontait à chacun de mes pas. Dès que je fus à portée de voix, je brandis le câble au bout duquel était amarrée la flotte et criai : « Longue vie au très puissant Empereur de Lilliput ! » Ce grand monarque me reçut sur la plage avec tous les honneurs possibles et m'attribua sur-le-champ le titre de *nardac*, la plus haute distinction de l'empire.

Sa Majesté souhaitait me voir ramener dans ses ports tout ce que son ennemi comptait de navires. L'ambition des princes est sans limite : il voulait rien moins que réduire l'empire de Blefuscu à une province qu'il aurait fait gouverner par un vice-roi ; anéantir les exilés Gros-Boutiens et contraindre ce peuple à casser les œufs par le petit bout. Ce qui l'aurait laissé l'unique monarque de tout l'univers. Je m'efforçai de le détourner de ce projet, faisant appel à son sens de la justice et de la politique. Je protestai sans ambages, disant que je refusais d'être l'instrument par lequel un peuple libre et courageux serait réduit en esclavage. On en débattit en Conseil et les ministres les plus sages furent de mon avis. La franchise et l'audace de ma prise de position contrecarraient tant les projets politiques de Sa Majesté Impériale que tout pardon était impossible. Il l'annonça perfidement au Conseil et on me rapporta que certains parmi les plus avisés parurent, par leur seul silence, partager mon opinion. Mais les autres, qui m'étaient secrètement hostiles, ne mâchèrent pas leurs mots, ce dont je pâtis ultérieurement. C'est à cette époque que Sa Majesté se ligua avec une coalition de ministres ; cette cabale, qui éclata moins de deux mois plus tard, avait pour objet de se débarrasser de moi. On a beau rendre les plus grands services à un prince, ils pèsent peu dans la balance lorsque l'on refuse de satisfaire ses passions.

Trois semaines après cet exploit, une ambassade officielle de Blefuscu débarqua avec d'humbles propositions de paix ; paix qui fut rapidement conclue à des conditions fort avantageuses pour notre Empereur. Les six ambassadeurs, escortés par cinq cents personnes, avaient fait une entrée magnifique, digne de la grandeur de leur maître et de l'importance de leur mission. Une fois le traité signé, où d'ailleurs je pus leur rendre quelques services eu égard au crédit dont je disposais, ou paraissais disposer, à la Cour, leurs Excellences, à qui on avait rapporté à quel point je m'étais montré amical, me rendirent une visite protocolaire. Elles commencèrent par un flot de compliments sur ma générosité et mon courage, m'invitèrent dans leur royaume au nom de leur Empereur et souhaitèrent me voir faire la démonstration de ma force prodigieuse ; je m'empressai de satisfaire à leur requête.

Après avoir distrait leurs Excellences, je leur demandai de bien vouloir me faire l'honneur de présenter mes plus humbles respects à l'Empereur leur maître, à qui j'avais bien l'intention de rendre visite. Et donc, lorsque je me trouvai à nouveau face à notre Empereur, je lui demandai l'autorisation de rencontrer le monarque de Blefuscu, ce qu'il voulut bien m'accorder mais du bout des lèvres. Cependant, je n'en devinai pas la raison jusqu'à ce que certaine personne me chuchote au creux de l'oreille que Flimnap et Bolgolam avaient présenté ma relation avec ces ambassadeurs comme une marque de désaffection à l'égard de Sa Majesté, sentiment que mon cœur ignorait, je l'affirme. Et ce fut la première fois qu'il me fut donné de voir à quel point la Cour et les ministres sont loin d'être parfaits.

Il convient de remarquer que ces ambassadeurs s'adressaient à moi par le truchement d'un interprète, les langues des deux empires étant aussi différentes que deux langues européennes ; chaque nation s'enorgueillissait de la beauté, de l'énergie et de l'ancienneté de la sienne, avec un mépris avoué pour celle de ses voisins. Cependant, notre Empereur, se targuant du fait qu'il s'était emparé de leur flotte, les avait obligés à présenter leurs lettres de créance et à s'exprimer en langue lilliputienne. Il faut reconnaître que, en raison de leurs relations commerciales intenses, de la circulation permanente des exilés politiques et de la coutume commune selon laquelle on envoie les jeunes nobles et les riches bourgeois dans le pays voisin parfaire leur éducation en découvrant le monde et en se mettant à l'écoute des hommes et de leurs mœurs, tous les dignitaires, les commerçants ou les marins qui vivaient le long des côtes, étaient capables de converser dans les deux langues. Je m'en aperçus quelques semaines plus tard, lorsque j'allai présenter mes respects à l'Empereur de Blefuscu, ce qui, au milieu de l'hostilité provoquée par la méchanceté de mes ennemis, se révéla une aventure des plus agréables.

Certains des articles qui me rendaient ma liberté, trop serviles, m'avaient déplu et je ne m'y étais soumis que par nécessité. Une fois *nardac*, la plus haute distinction de l'empire, de telles obligations étaient en dessous de ma dignité et l'Empereur (il faut lui rendre cette justice) n'y fit plus jamais allusion. Peu après, j'eus l'occasion de rendre à Sa Majesté un service immense, du moins le pensai-je sur le moment.

Je fus brutalement réveillé à minuit par des centaines de gens qui criaient devant ma porte. On répétait sans arrêt le mot *burglum*. Plusieurs courtisans me demandèrent de me rendre immédiatement au palais, où les appartements de Sa Majesté l'Impératrice était en flammes, suite à la négligence d'une dame d'honneur qui s'était endormie en lisant un roman. Je me levai aussitôt ; comme on avait donné ordre de dégager la route devant moi, j'atteignis le palais sans piétiner personne, d'autant que la lune était pleine. Ils avaient déjà dressé des échelles et ils étaient bien équipés de seaux, mais l'eau se trouvait à une certaine distance. Ces seaux avaient la taille d'un dé à coudre et ces pauvres gens me les passaient aussi vite que possible ; cependant, les flammes étaient si violentes que ce n'était guère efficace. J'aurais pu facilement étouffer l'incendie avec ma veste mais, dans ma hâte, je l'avais malheureusement laissée chez moi, et je ne portais que mon gilet de cuir. La situation paraissait désespérée et ce somptueux palais aurait brûlé de fond en comble si je n'avais soudain trouvé la parade, avec une présence d'esprit dont je ne suis guère coutumier. La veille au soir, j'avais bu une grande quantité d'un vin délicieux qu'on appelle *glimigrim* (les Blefuscudiens l'appellent *flunec*, mais le nôtre est meilleur) et qui est très diurétique. Par chance, je n'avais pas encore soulagé ma vessie. Le coup de chaud que j'avais attrapé au contact des flammes et le mouvement que je m'étais donné pour tenter de les étouffer m'avaient donné envie d'uriner. Ce que je fis en si grande quantité et en visant si bien qu'en trois minutes, j'éteignis complètement l'incendie, préservant de la destruction le reste de ce noble édifice qu'on avait mis tant de siècles à bâtir.

Il faisait jour et je revins chez moi, sans attendre les félicitations de l'Empereur. Même si j'avais rendu un service inestimable, j'ignorais encore comment Sa Majesté allait interpréter la manière dont je m'y étais pris. Car, en vertu des lois fondamentales du royaume, quiconque se soulage dans l'enceinte du palais risque la peine de mort. Je fus un peu rassuré par un message de Sa Majesté qui disait avoir donné ordre au Grand Chancelier de rédiger l'acte de mon pardon ; cependant, il ne me parvint jamais. Et on vint m'avertir que l'Impératrice, profondément dégoûtée de ce que j'avais fait, avait déménagé à l'autre bout du palais et était bien décidée à ne jamais faire réparer ce corps de bâtiment pour son usage. Devant ses intimes, elle avait promis de se venger.

6

À propos des habitants de Lilliput :
leur culture, leurs lois, leurs coutumes,
l'éducation de leurs enfants. Le mode de
vie de l'auteur dans ce pays. Son plaidoyer
en faveur d'une grande dame.

La taille moyenne des indigènes étant inférieure à six pouces, tout le règne animal est en proportion, ainsi que les arbres et les plantes. Par exemple, les chevaux et les bœufs les plus grands mesurent entre quatre et cinq pouces, les moutons un pouce et demi environ ; les oies sont grosses comme des moineaux et ainsi de suite, jusqu'aux plus petites bêtes qui, à mes yeux, étaient presque invisibles. Mais la nature adapte la vision des Lilliputiens à la taille des objets indispensables à leur existence. Ils ont donc une vue perçante, mais exclusivement de près. C'est un plaisir d'observer un cuisinier en train de plumer une alouette pas plus grosse qu'une mouche et une jeune fille enfiler une aiguille invisible avec une soie qui l'est tout autant. Les arbres les plus élevés font sept pieds. Les autres végétaux sont en proportion.

Je ne m'étendrai pas maintenant sur leurs connaissances qui, depuis de nombreux siècles, s'épanouissent dans tous les domaines. Mais leur façon d'écrire est très spéciale, puisque ce n'est pas de gauche à droite, comme les Européens, ni de droite à gauche, comme les Arabes, ni de haut en bas, comme les Chinois, ni de bas en haut, comme les Cascagiens ; mais à l'oblique, d'un coin de la feuille à l'autre, comme nos grandes dames en Angleterre.

Ils enterrent leurs morts la tête en bas parce qu'ils sont persuadés que, dans onze mille lunes, la Terre (qu'ils pensent plate) va se retourner et qu'ils vont ressusciter ; ainsi, au moment de la résurrection, ils seront prêts à marcher sur leurs deux pieds. Les savants du pays affirment que cette théorie est absurde mais on continue néanmoins à pratiquer ainsi, par soumission à la tradition populaire.

Il existe dans cet empire certains us et coutumes très particuliers ; s'ils ne venaient pas contredire aussi clairement ceux de mon cher pays, je serais tenté de les défendre. On ne peut que regretter de les voir si mal appliqués. Le premier que je vais évoquer a trait aux délateurs. Les crimes contre l'État sont punis ici avec la plus grande sévérité. Mais si l'accusé réussit à prouver son innocence au cours de son procès, l'accusateur est immédiatement condamné à une mort honteuse. L'innocent se trouve quadruplement dédommagé sur les biens et les terres de l'accusateur pour le temps qu'il a perdu, les dangers qu'il a courus, l'épreuve de son incarcération et les dépenses occasionnées par sa défense. Au cas où les fonds confisqués se révèlent insuffisants, la Couronne complète généreusement. L'Empereur lui offre publiquement des marques d'estime et fait proclamer son innocence d'un bout à l'autre de la ville.

Ils considèrent la tromperie comme un crime plus grave que le vol et donc, n'hésitent pas à la punir de mort ; car ils prétendent qu'avec une intelligence normale, alliée à un peu de prudence et de vigilance, on peut éviter de se faire plumer. En revanche, l'honnêteté est sans défense devant l'extrême sournoiserie ; et comme les mouvements de vente et d'achat sont permanents, comme le crédit est indispensable, si on ferme les yeux sur la tromperie, si on la tolère, si aucune loi ne l'interdit, l'honnête marchand se fait toujours posséder et le coquin l'emporte. Je me souviens avoir intercédé un jour auprès du roi pour un criminel qui avait volé à son maître une importante somme d'argent qu'il avait touché et à sa place et avec laquelle il s'était enfui ; j'en vins à dire à Sa Majesté, pour atténuer cette faute, qu'il ne s'agissait que d'un abus de confiance ; l'Empereur considéra qu'il était monstrueux de ma part d'opposer, comme défense, une circonstance aggravante. Et honnêtement, il ne me vint à l'esprit qu'une banalité, à savoir que des nations différentes ont des coutumes différentes. Je l'avoue, j'avais vraiment honte de moi.

Même si, pour nous, le gouvernement d'un pays s'articule autour de charnières qu'on appelle le châtiment et la récompense, il n'y a qu'à Lilliput que j'ai vu ce principe appliqué. N'importe qui susceptible de prouver qu'il a strictement respecté les lois de son pays soixante-treize lunes durant est en droit de réclamer certains privilèges, selon sa qualité et sa situation, assortis d'une somme d'argent en proportion, puisée dans un fonds prévu à cet usage. On acquiert ainsi le titre de *snilpall*, ou Loyal, qu'on ajoute à son patronyme mais qui n'est pas héréditaire. Les Lilliputiens estimèrent que chez nous, la science politique était bien imparfaite lorsque je leur expliquai que pour faire appliquer la loi, on ne disposait que de châtiments, jamais de récompenses. Eux, pour montrer que la justice est plus disposée à récompenser qu'à punir, ils la représentent dans leurs tribunaux avec six yeux, deux devant, autant derrière et un de chaque côté pour signifier la circonspection ; à droite, un sac d'or ouvert, à gauche, une épée au fourreau.

Pour sélectionner un candidat à quelque travail, on tient davantage compte de ses vertus morales que de ses capacités. Puisque le gouvernement est une nécessité humaine, une intelligence moyenne peut s'adapter aux différentes tâches qu'il requiert et la Providence n'eut jamais dessein d'obscurcir la conduite des affaires publiques au point de la réserver à quelques individus d'un sublime génie, tels qu'il n'en naît guère plus de trois par siècle. Le sens de la vérité, de la justice et de la tolérance est à la portée de tous ; la pratique de ces vertus, renforcée par l'expérience et la bonne volonté, amène n'importe qui à être qualifié pour servir son pays, sauf si des connaissances spéciales sont requises. En revanche, d'après eux, une intelligence supérieure est loin de pallier le manque de moralité et il est donc dangereux de faire confiance à des gens trop compétents. En tout cas, les erreurs commises par un homme intègre mais ignorant ne seront jamais d'aussi funeste conséquence pour le bien public que les intrigues d'un homme corrompu et assez habile pour organiser, multiplier et défendre ses vilenies.

De même, un homme qui ne croit pas en la divine Providence n'est pas capable d'occuper une fonction publique. En effet, puisque les rois se considèrent comme des représentants du divin, les Lilliputiens estiment qu'il serait absurde pour un prince de faire travailler des hommes qui renient l'autorité dont lui-même se réclame.

En décrivant ces lois et celles qui suivent, il est clair que je ne parle que des institutions originelles et non des dérives scandaleuses où les fait choir la nature dégénérée de l'homme. Quant à ces pratiques abominables qui consistent à conquérir des charges importantes en marchant sur une corde raide ou à obtenir médailles et décorations en sautant par-dessus des bâtons ou en rampant dessous, le lecteur ne manquera pas d'observer qu'elles ont été introduites par le grand-père de l'Empereur qui règne aujourd'hui et que c'est l'intensification des luttes partisanes qui a poussé à leur développement.

L'ingratitude représente pour eux un crime capital, comme dans d'autres pays. Voilà leur raisonnement : celui qui se conduit mal à l'égard de son bienfaiteur se conduira encore plus mal envers le reste du genre humain, auquel il ne doit rien ; donc, un tel homme ne mérite pas de vivre.

Ils n'ont pas du tout la même idée que nous des devoirs entre parents et enfants. Puisque la nature impose le rapprochement du mâle et de la femelle afin d'assurer la propagation et la reproduction de l'espèce, pour les Lilliputiens, les hommes et les femmes se rapprochent comme les autres animaux, poussés par la concupiscence. Et puisque la tendresse à l'égard des petits est également une loi de la nature, il n'est pas question qu'un enfant soit l'obligé du père qui l'a engendré ou de la mère qui l'a mis au monde. La vie, difficile comme elle est, n'est pas à considérer comme un cadeau d'autant que les parents ne l'ont pas donnée intentionnellement ; leurs pensées, lors de leurs échanges amoureux, étaient ailleurs. Suivant ce raisonnement, les Lilliputiens estiment que les parents sont mal placés pour élever leurs enfants. Il y a donc dans chaque ville des établissements, où tous les parents, à l'exception des paysans, sont tenus d'envoyer leurs enfants des deux sexes afin qu'ils y soient élevés et éduqués dès qu'ils atteignent vingt lunes, âge auquel on est censé avoir acquis quelques rudiments de docilité. Ces écoles sont multiples, adaptées aux différentes conditions et à chacun des sexes. Des maîtres expérimentés y préparent les enfants à vivre selon le rang de leurs parents, et selon leurs propres goûts et inclinations.

On trouve dans les établissements pour les garçons de noble extraction des maîtres sérieux et érudits, épaulés par plusieurs assistants. La tenue et l'alimentation des enfants sont simples et sans histoire. On les élève dans des principes d'honneur, de justice, de courage, de modestie, de clémence, de religion et dans l'amour de leur pays. Ils sont toujours occupés à quelque chose, sauf pendant les brèves heures consacrées aux repas et au sommeil, et les deux heures de récréation, réservées aux exercices corporels. Jusqu'à l'âge de quatre ans, ce sont des hommes qui les habillent et ensuite ils se débrouillent seuls, quel que soit leur rang social. Les femmes présentes, qui seraient âgées chez nous de cinquante ans, n'accomplissent que des tâches subalternes. Les élèves n'ont pas le droit de bavarder avec les domestiques, les récréations se font en groupe plus ou moins importants et toujours en présence d'un maître ou d'un assistant ; ainsi, ils évitent d'être exposés de façon précoce au vice et à la folie, contrairement à nos propres enfants. Leurs parents ne sont autorisés à les voir que deux fois par an ; la visite ne doit pas dépasser une heure. Ils peuvent embrasser l'enfant à l'arrivée et au départ. Le maître, qui ne les quitte pas des yeux, ne leur accorde ni le droit de chuchoter ni d'user d'expressions de tendresse ni d'apporter des jouets, des bonbons et autres douceurs.

Si la famille ne règle pas en temps et en heure la pension due pour l'éducation et l'entretien de l'enfant, les huissiers de l'Empereur se chargent de la percevoir.

Les pensionnats destinés aux enfants de bourgeois, de marchands et d'artisans, fonctionnent de la même manière. Ceux qui sont promis au commerce partent en apprentissage à onze ans, alors que les personnes de qualité continuent jusqu'à quinze ans, ce qui correspond à vingt et un ans pour nous.

Dans les établissements pour filles, les demoiselles de qualité sont élevées comme les garçons, sauf qu'elles sont habillées par des servantes appointées et toujours en présence d'un maître ou d'un assistant, jusqu'à ce qu'elles sachent se vêtir seules, à cinq ans. Et si on soupçonne une de ces femmes de distraire les pensionnaires avec des histoires effrayantes ou idiotes, comme en connaissent les servantes dans notre pays, on la fouette publiquement à trois reprises dans les rues de la ville, on l'emprisonne pendant un an et on la bannit à vie dans la région la plus reculée du pays. Ainsi, les jeunes dames, à l'égal des hommes, méprisent la bêtise et la lâcheté et ne veulent d'autre parure que la décence et la propreté. Je n'ai guère perçu de différences dans leur éducation, excepté celles liées à leur sexe ; les exercices des filles requièrent moins de force et on leur enseigne certaines règles de la vie domestique ; de même, on prévoit pour elles un champ de connaissances réduit. Car ils ont pour principe qu'une épouse de la bonne société doit être de commerce agréable puisqu'elle ne sera pas toujours jeune. À douze ans, qui chez eux est le bon âge pour convoler, les filles retournent chez leurs parents ou leurs tuteurs. Ceux-ci sont très reconnaissants de l'enseignement donné et le plus souvent, la jeune fille et ses compagnes y vont de leurs larmes.

Dans les établissements destinés aux filles de plus modeste naissance, les élèves s'initient aux travaux en rapport avec leur sexe et leur rang ; les apprenties partent à neuf ans, les autres continuent jusqu'à treize ans.

Les familles les plus pauvres dont les enfants sont pensionnaires doivent, en plus des frais d'entretien annuels, constituer une dot en envoyant tous les mois à l'économe une partie de leurs revenus ; ainsi, la loi limite leurs dépenses. Car les Lilliputiens estiment de la dernière injustice qu'on mette des enfants au monde pour satisfaire ses appétits, en laissant le fardeau de leur entretien à la société. Quant aux personnes de qualité, elles versent pour chaque enfant une somme suffisante pour que celui-ci tienne son rang. Ces fonds sont toujours administrés avec grandes sagesse et justice.

Les paysans, qui ont pour tâche de labourer et cultiver la terre, gardent leurs enfants chez eux ; la société n'a nul intérêt à les instruire. En revanche, les vieillards et les malades sont recueillis dans des hôpitaux, car la mendicité est un métier inconnu dans ce royaume.

Le lecteur curieux s'amusera peut-être du récit de mes arrangements domestiques dans ce pays, où j'ai séjourné neuf mois et treize jours.

J'ai toujours été assez adroit de mes mains et, poussé par la nécessité, je m'étais fabriqué une table et une chaise assez commodes, taillées dans les plus grands arbres du parc royal. Deux cents couturières s'attelèrent à la tâche de me coudre des chemises ainsi que du linge pour mon lit et ma table, le tout coupé dans le tissu le plus épais et le plus grossier possible. Elles furent cependant obligées de le replier en multiples épaisseurs, car l'étoffe la plus rugueuse était encore plus fine que la batiste. Un rouleau de tissu mesure généralement trois pouces de large sur trois pieds de long. Je m'allongeai à terre pour que les couturières puissent prendre mes mesures ; l'une se tint à la hauteur de mon cou, l'autre de mon mollet ; elles tendirent une corde entre elles qu'une troisième mesura avec une règle d'un pouce de long. Il leur suffit ensuite de connaître la taille exacte de mon pouce droit. Car, grâce à une formule mathématique selon laquelle le poignet est égal à deux fois le tour du pouce et de même pour le cou et le tour de taille, grâce aussi à ma vieille chemise que j'avais étalée par terre pour servir de patron, elles m'en taillèrent une qui m'allait à merveille. Pour me faire un costume, on employa trois cents tailleurs qui prirent mes mesures en usant d'un autre stratagème. Je m'agenouillai et ils dressèrent une échelle qui montait jusqu'à mon cou ; l'un d'eux l'escalada et fit tomber un fil à plomb depuis mon encolure jusqu'au sol, ce qui leur donna la longueur de la veste. Je mesurai moi-même mes bras et ma ceinture. Lorsque mes vêtements furent achevés (on les avait cousus chez moi car aucune de leurs demeures n'aurait été assez grande), on aurait dit les patchworks que font les dames en Angleterre, sauf que, en l'occurrence, tous les morceaux étaient de la même couleur.

Mes repas étaient accommodés par trois cents cuisiniers qui vivaient avec leurs familles dans des petites cabanes construites autour de ma demeure ; chacun devait préparer deux plats. Je prenais vingt laquais dans ma main et je les posais sur la table, une bonne centaine de plus attendait à terre, avec des plats de viande, des barriques de vin ou d'autres spiritueux qu'ils portaient sur l'épaule. Les laquais sur la table les hissaient à ma demande, d'une manière très ingénieuse, avec des cordes, comme on remonte le seau d'un puits en Europe. Un plat de viande me faisait une bonne bouchée et une barrique une rasade acceptable. Leur mouton vaut le nôtre mais leur bœuf est meilleur. J'eus une fois un faux-filet tellement grand que j'ai dû en faire trois bouchées ; mais c'était rare. Mes domestiques étaient effarés de me voir manger les os, comme on fait dans notre pays pour une cuisse d'alouette. Leurs oies et leurs dindes, je les dévorais d'une seule bouchée et je dois avouer qu'elles valent largement les nôtres. Leur petit gibier, je pouvais en avaler vingt ou trente d'un coup à la pointe de mon couteau.

Un jour, Sa Majesté Impériale, s'étant renseigné sur ma façon de vivre, sollicita la faveur de dîner avec moi, en compagnie de l'Impératrice et des jeunes princes et princesses du sang. Je les installai sur la table, en face de moi, dans des fauteuils d'apparat, entourés de leurs gardes. Flimnap, le

Grand Argentier, était également présent, avec son bâton blanc. Remarquant qu'il me dévisageait d'un air revêche, je fis mine de ne pas y prêter attention mais je mangeai davantage que d'habitude, tant pour faire honneur à mon bien-aimé pays que pour susciter l'admiration de la Cour. J'avais quelques raisons personnelles de penser que cette visite de Sa Majesté offrait à Flimnap l'occasion de me desservir auprès de son maître. Ce ministre avait toujours été mon ennemi caché, même si, en apparence, il me faisait des amabilités étonnantes chez un homme de tempérament aussi morose. Il expliqua à l'Empereur à quel point les fonds publics étaient bas ; il était contraint d'emprunter de l'argent à des taux élevés ; les bons du Trésor se vendaient à 91 % de leur valeur ; bref, j'avais coûté à Sa Majesté plus d'un million et demi de *sprugs* (leur plus grosse pièce d'or, à peu près de la taille d'une paillette) ; en conclusion, il serait raisonnable de la part de l'Empereur de se débarrasser de moi à la première occasion.

Je me vois ici contraint de défendre la réputation d'une excellente dame, qui se trouva calomniée par ma faute. L'Argentier eut la fantaisie d'être jaloux de sa femme, poussé par la méchanceté de quelques mauvaises langues qui lui racontèrent que Sa Grâce avait conçu pour moi une grande affection. Une rumeur de scandale se mit à courir : elle serait venue une fois chez moi secrètement. Je déclare solennellement qu'il s'agit là d'un mensonge éhonté, sans aucun fondement si ce n'est que Sa Grâce était heureuse de me manifester toutes les marques innocentes d'une libre amitié. Je reconnais qu'elle est souvent venue dans ma demeure, mais toujours officiellement et accompagnée d'au moins trois personnes, généralement sa sœur, sa fille et une de ses amies proches. Beaucoup d'autres dames de la Cour faisaient de même. J'en appelle au témoignage de mes domestiques : virent-ils jamais une voiture devant ma porte sans savoir qui se trouvait à l'intérieur ? J'allais accueillir mes visiteurs dès qu'on m'avertissait de leur arrivée ; après leur avoir présenté mes respects, je prenais leur voiture dans ma main et je la déposais sur une table, où j'avais fixé une balustrade amovible pour prévenir les accidents. Il m'arriva souvent d'en avoir quatre attelées en même temps. Tandis que je bavardais avec les occupants d'une voiture, les cochers promenaient doucement les autres autour de la table. Je passai ainsi de nombreux après-midi à converser agréablement. Mais je mets au défi l'Argentier, ou ses deux indicateurs (je cite leurs noms, qu'ils en assument les conséquences), Clustril et Drunlo, de prouver que quiconque est jamais venu chez moi incognito, à l'exception du secrétaire Reldresal, envoyé par ordre exprès de Sa Majesté, comme je l'ai déjà raconté. Je ne me serais pas tant étendu sur ce point de détail si la réputation d'une dame de qualité n'avait été mise en cause, sans parler de la mienne, alors que j'avais l'honneur d'être *nardac*. Ce que l'Argentier n'était pas. Même si je reconnais que sa charge lui donnait l'avantage sur moi, il n'était qu'un *clumglum*, un titre immédiatement inférieur, comme marquis et duc en Angleterre. Ces fausses informations, dont je n'eus connaissance que plus tard, amenèrent Flimnap l'Argentier à faire grise mine à son épouse pendant un certain temps, et à moi encore plus. Et même si, finalement, il fut détrompé et se réconcilia avec elle, je ne regagnai jamais son amitié et l'intérêt de l'Empereur à mon égard se mit à décliner très vite, car son favori avait vraiment trop d'emprise sur lui.

7

L'auteur, informé qu'on a l'intention de l'accuser de haute trahison, s'enfuit à Blefuscu. Comment il y est accueilli.

J'avais toujours vécu loin des cours en raison de la modestie de ma condition. Bien sûr, j'avais lu et entendu bien des choses sur les penchants des grands princes et de leurs ministres ; mais je ne m'attendais pas à ce que l'effet en fût si ravageur dans un pays si lointain gouverné, je le croyais, par des principes très différents de ceux de l'Europe.

Alors que je me préparais à rendre visite à l'Empereur de Blefuscu, un personnage considérable de la Cour (à qui j'avais rendu service alors qu'il était tombé en disgrâce auprès de Sa Majesté) vint chez moi très discrètement, de nuit. Une fois les salutations échangées, je vis qu'il paraissait hautement préoccupé.

— Vous savez, déclara-t-il, plusieurs commissions du Conseil se sont réunies secrètement ces derniers temps à votre sujet. Et il y a deux jours, Sa Majesté est parvenue à une résolution.

» Vous êtes au courant que Skyris Bolgolam (*galbet* ou amiral en chef) est votre ennemi mortel presque depuis le jour de votre arrivée. Sa haine a beaucoup augmenté depuis votre grande victoire contre Blefuscu qui a terni sa gloire d'amiral. Ce seigneur, en accord avec Flimnap l'Argentier, dont l'hostilité à votre égard est de notoriété publique à cause de son épouse, Limtoc le Général, Lalcon le Chambellan et Balmuff le Grand Chancelier ont préparé les articles de votre mise en accusation, pour trahison et autres crimes capitaux.

» Par reconnaissance, continua-t-il, je vais vous informer de la façon dont les choses vont se dérouler et vous donner une copie de l'acte d'accusation – ce qui signifie que je risque ma tête pour vous.

*Acte d'accusation contre Quinbus Flestrin
(l'Homme-Montagne)*

ARTICLE 1
Attendu que, par un décret publié sous le règne de Sa Majesté Impériale Calin Deffar Plume, il est stipulé que celui qui urinera dans l'enceinte du palais royal sera passible du châtiment de haute trahison. Néanmoins, ledit Quinbus Flestrin, violant ouvertement ladite loi, sous prétexte d'éteindre le feu qui consumait les appartements de la bien-aimée épouse de Sa Majesté, a, avec méchanceté, traîtrise et diablerie, lâché son urine soi-disant pour étouffer le feu qui avait pris dans lesdits appartements se trouvant dans l'enceinte dudit palais royal, contrevenant au décret, etc., contrevenant à son devoir, etc.

ARTICLE 2
Que ledit Quinbus Flestrin, ayant amené la flotte impériale de Blefuscu dans le port royal et ayant ensuite reçu l'ordre de Sa Majesté Impériale de s'emparer de tous les autres vaisseaux dudit

empire de Blefuscu afin de le réduire à l'état de province gouvernée par un vice-roi envoyé d'ici ; de détruire et de tuer non seulement tous les exilés Gros-Boutistes mais également tous ceux qui, dans cet empire, ne renonceraient pas immédiatement à l'hérésie gros-boutiste ; ledit Flestrin, comme un traître à Son Impériale Majesté, Sereine et Prospère, requit d'être dispensé de cette tâche, au prétexte qu'il ne voulait pas forcer les consciences ni détruire la liberté et la vie d'une population innocente.

ARTICLE 3
Attendu que certains ambassadeurs arrivèrent de la Cour de Blefuscu pour négocier la paix auprès de Sa Majesté. Que ledit Flestrin, agissant comme un traître, se fit le complice desdits ambassadeurs, alors qu'il savait qu'ils étaient au service d'un prince qui était alors un ennemi déclaré de Sa Majesté Impériale et en guerre ouverte contre Elle.

ARTICLE 4
Que ledit Quinbus Flestrin, contrairement au devoir d'un fidèle sujet, s'apprête à partir rendre visite à la Cour et l'Empire de Blefuscu, ce pour quoi il n'a reçu qu'une autorisation verbale de Sa

Majesté Impériale ; et sous couvert de cette autorisation, par fausseté et traîtrise, a l'intention d'utiliser ce voyage pour devenir l'aide, le soutien et le complice de l'Empereur de Blefuscu, notre ennemi en guerre ouverte contre Son Impériale Majesté susnommée.

— Il y a encore d'autres articles mais voilà le résumé des plus importants, continua mon ami.
» Au cours des multiples débats autour de cet acte d'accusation, il faut reconnaître que Sa Majesté donna de nombreuses marques de sa grande clémence, insistant souvent sur les services que vous lui aviez rendus et s'efforçant d'atténuer vos crimes. L'Argentier et l'amiral insistèrent pour qu'on vous condamne à la mort la plus ignoble et la plus douloureuse ; ils voulaient mettre le feu à votre demeure en pleine nuit tandis que le général vous attendrait avec vingt mille hommes armés de flèches vénéneuses dont ils cribleraient votre visage et vos mains. Certains de vos domestiques devaient recevoir secrètement l'ordre de répandre un liquide empoisonné sur votre linge, qui vous aurait très rapidement amené à vous arracher la peau avant de mourir dans d'atroces

souffrances. Le général se rallia à cette opinion, si bien qu'il y eut longtemps une majorité contre vous. Mais Sa Majesté souhaitant, dans la mesure du possible, épargner votre vie, elle réussit à entraîner le Chambellan.

» Là-dessus, l'Empereur demanda à Reldresal, secrétaire principal des Affaires privées qui s'était toujours considéré comme votre authentique ami, de donner son avis ; celui-ci accepta et justifia la bonne opinion que vous avez de lui. Si vos crimes étaient graves, ils méritaient l'indulgence, cette vertu cardinale chez un prince et que Sa Majesté pratique si généreusement. L'amitié qui vous unissait était si connue de tous que, peut-être, l'honorable Conseil pourrait penser qu'il était partial. Cependant, pour obéir à l'ordre qu'il avait reçu, il allait s'exprimer en toute liberté. Si Sa Majesté, en considération des services rendus et eu égard à sa clémence naturelle, acceptait d'épargner votre vie et de donner seulement ordre de vous arracher les deux yeux, il estimait en toute humilité que, par ce moyen, la justice serait rendue. Le monde entier applaudirait la magnanimité de l'Empereur, ainsi que l'équité et la générosité des débats menés par ceux qui avaient l'honneur d'être ses conseillers. La perte de vos yeux n'amoindrirait en rien votre force, celle-là même qui vous permettra de vous rendre encore utile auprès de Sa Majesté. La cécité ne fait qu'augmenter le courage, en cachant les dangers. Au moment de vous emparer de la flotte de l'ennemi, la peur de perdre vos yeux vous avait ralenti. Il vous suffira de voir par les yeux des ministres, puisque c'est déjà ainsi que pratiquent les plus grands princes.

» Cette proposition déplut fortement à tout le Conseil. Bolgolam, l'amiral, était très en colère. Il se leva, furibond, et dit qu'il se demandait comment le Secrétaire osait suggérer d'épargner la vie d'un traître. Que les services que vous aviez rendus n'étaient que des circonstances aggravantes, pour des raisons d'État ; si vous étiez capable d'éteindre un incendie en urinant dans les appartements de Sa Majesté (ce qu'il mentionnait avec horreur) vous pouviez, par le même moyen, provoquer une inondation qui noierait tout le palais. Et cette même force qui vous permettait de vous emparer de la flotte ennemie pouvait, à la première contrariété, vous servir à la remettre en place. Qu'il avait de bonnes raisons de penser que vous étiez un Gros-Boutiste de cœur. Et puisque la trahison commence dans le cœur avant d'apparaître dans les actes, il vous accusait d'être un traître et insistait pour que vous soyez puni de mort.

» L'Argentier était du même avis ; il expliqua que les revenus royaux avaient drastiquement diminué depuis qu'il devait vous entretenir et que cela deviendrait bientôt insoutenable. Que la proposition du Secrétaire, vous arracher les yeux, était loin d'être un bon remède contre ce fléau, qu'il ne ferait même que l'augmenter, comme le révèle cette pratique courante qui consiste à aveugler certains oiseaux pour les pousser à se nourrir plus vite et à engraisser rapidement. Que Sa Majesté et le Conseil, qui sont vos juges, étaient, en leur âme et conscience, convaincus de votre culpabilité, ce qui était un argument suffisant pour vous condamner à mort, sans même les preuves formelles qu'exige précisément la loi.

» Mais Sa Majesté Impériale, farouchement opposée à votre exécution, eut le bonheur de dire que, puisque le Conseil estimait votre aveuglement un châtiment trop faible, on pourrait toujours vous en faire subir un autre. Et votre ami le Secrétaire demanda humblement à prendre à nouveau la parole, pour répondre aux arguments de l'Argentier sur les sommes déraisonnables que Sa

Majesté dépensait pour votre entretien. Son Excellence, qui gère seul les biens de l'Empereur, pouvait facilement remédier à ce fléau en diminuant progressivement vos rations ; ainsi privé de nourriture, vous vous affaibliriez, vous perdriez l'appétit et en conséquence, ce serait le déclin et la mort au bout de quelques mois. La puanteur qui se dégagerait de votre carcasse serait moins dangereuse puisque celle-ci aurait diminué de moitié. Après votre mort, cinq ou six mille sujets de Sa Majesté pourraient vous dépecer en deux ou trois jours, emporter votre chair dans des charrettes et l'enterrer au loin pour éviter toute épidémie mais laisseraient le squelette à l'admiration des foules.

» Ainsi, grâce à la grande amitié du Secrétaire, on trouva un compromis. Il fut strictement décidé que le projet de vous affamer par paliers resterait secret, mais votre condamnation à la cécité fut consignée dans le procès-verbal ; personne ne protesta, sauf Bolgolam l'amiral qui était tout dévoué à l'Impératrice ; Sa Majesté le poussait en permanence à réclamer votre tête, car depuis que vous aviez éteint l'incendie dans ses appartements de cette manière infâme autant qu'illégale, elle vous vouait une rancune éternelle.

» Dans trois jours, votre ami le Secrétaire sera sommé de venir chez vous lire à haute voix l'acte d'accusation. Il signifiera la grande clémence et la faveur que vous font Sa Majesté et le Conseil, puisque vous n'êtes condamné qu'à perdre vos yeux, ce à quoi, Sa Majesté en est persuadée, vous vous soumettrez avec humilité et reconnaissance. Vingt chirurgiens de Sa Majesté s'assureront du bon déroulement de la sentence, en envoyant des flèches taillées en pointe dans vos globes oculaires, tandis que vous serez allongé au sol.

» Je laisse à votre prudence le soin de prendre les mesures qui s'imposent ; et pour éviter d'être soupçonné, je dois repartir immédiatement, aussi discrètement que je suis venu.

Sa Seigneurie fit ce qu'elle avait dit et je demeurai seul, en proie au doute et à l'inquiétude.

L'Empereur et ses ministres avaient établi une nouvelle coutume (on m'affirma que cela ne se passait pas ainsi autrefois) : après que la Cour eut décrété une exécution cruelle, que ce fût pour apaiser une rancœur du monarque ou la méchanceté d'un favori, l'Empereur adressait un discours au Conseil où il soulignait sa magnanimité et sa clémence. Ce discours était publié partout dans le royaume. Rien ne terrifiait davantage la population que ces dithyrambes sur la miséricorde de Sa Majesté ; plus les louanges étaient enthousiastes et appuyées, plus inhumain était le châtiment et plus innocente la victime. Quant à moi, ni ma naissance ni mon éducation ne m'ayant jamais préparé à être courtisan, j'étais si mauvais juge que je ne voyais ni clémence ni faveur dans cette condamnation mais la considérais (peut-être à tort) comme étant plus rigoureuse que bienveillante. J'envisageai d'assister à mon procès car, même si je ne pouvais nier les faits dont il était question, j'espérais obtenir les circonstances atténuantes. Mais ayant dans ma vie suivi de près le déroulement de plusieurs procès politiques qui s'achevaient souvent de la façon dont les juges l'avaient décidé au départ, je n'osai prendre une décision aussi dangereuse dans une situation aussi critique et contre des ennemis aussi puissants. J'envisageai également de résister parce que, tant que j'étais libre, toute la puissance de cet empire ne suffirait pas à m'écraser et il me serait facile de pulvériser la capitale à coups de pierre. Mais, me souvenant du serment que j'avais fait à l'Empereur, des faveurs dont j'avais bénéficié et du titre suprême de *nardac* qu'il m'avait accordé, horrifié, je rejetai cette solution. Et puis je n'avais pas appris si vite la gratitude des courtisans pour estimer que la sévérité dont Sa Majesté faisait preuve m'acquittait de toutes mes obligations passées.

Je finis par prendre une décision, qui va sans doute m'attirer maints reproches, sans doute justifiés. Car je dois d'avoir conservé mes yeux et par conséquent ma liberté à ma grande précipitation et à mon manque d'expérience. Parce que, si j'avais connu alors la nature des princes et des ministres, que j'ai observée depuis dans bien des cours, si j'avais connu le traitement qu'ils réservaient à des criminels bien plus odieux que moi, je me serais empressé de me soumettre à un châtiment aussi léger avec la meilleure volonté du monde. Mais poussé par l'énergie de la jeunesse, comme Sa Majesté m'avait autorisé à rendre visite à l'Empereur de Blefuscu, je saisis l'occasion avant que les trois jours ne fussent écoulés et j'envoyai une lettre à mon ami le Secrétaire, lui signifiant mon intention de partir le matin même, conformément à la permission qui m'avait été accordée. Et sans attendre la réponse, je me rendis sur la côte où était ancrée notre flotte. Je m'emparai d'un grand vaisseau de guerre, attachai un câble à la proue et larguai les amarres. Je me déshabillai, posai mes vêtements (ainsi que ma courtepointe, que je tenais sous mon bras) dans le navire et tirant celui-ci derrière moi, moitié nageant moitié pataugeant, j'atteignis le port de Blefuscu, où j'étais attendu depuis longtemps. On m'octroya deux guides pour me mener jusqu'à la capitale, qui porte le même nom. Je les conservai dans mes mains jusqu'à deux cents yards de la porte ; je leur demandai alors de prévenir un secrétaire de mon arrivée et de lui faire savoir que j'attendais les ordres de Sa Majesté. J'obtins une réponse au bout d'une heure environ : Sa Majesté, accompagnée de sa famille et des hauts dignitaires de la Cour, venait à ma rencontre. J'avançai de cent yards. L'Empereur et sa suite avaient mis pied à terre, l'Impératrice et les dames étaient descendues de leurs voitures et je ne percevais chez eux nulle frayeur ni inquiétude. Je m'allongeai pour baiser la main de Sa Majesté et de l'Impératrice. Je déclarai à Sa Majesté que j'étais venu comme promis et avec la permission de l'Empereur mon maître. Sans mentionner ma disgrâce, puisque jusqu'à présent, je n'en avais pas été officiellement informé et devais donc me considérer comme totalement ignorant d'un tel dessein ; en outre, je ne pouvais raisonnablement imaginer que l'Empereur en lèverait le secret alors que j'étais hors de sa portée ; en l'occurrence, il apparut rapidement que je m'étais trompé.

8

L'auteur, par un heureux hasard, trouve le moyen de quitter Blefuscu ; et après quelques difficultés, rentre sain et sauf dans son pays natal.

Trois jours après mon arrivée, alors que je me promenais sur la côte nord-est de l'île, j'aperçus une chaloupe qui, lors d'une tempête, avait dû être arrachée de quelque navire. Je revins en ville expliquer à l'Empereur que c'était ma bonne fortune qui avait placé cette chaloupe sur mon chemin pour m'emmener quelque part d'où je réussirais peut-être à rentrer dans mon pays natal. J'implorai Sa Majesté de bien vouloir donner l'ordre de me fournir le matériel nécessaire pour remettre ce canot en état. Il me fallait également sa permission pour partir ; après quelques gentilles remontrances, il fut heureux de me l'accorder.

Durant tout ce temps, je m'étonnai beaucoup de ne voir aucun messager arriver pour moi. Je n'en compris la raison que plus tard. Sa Majesté Impériale, n'imaginant pas que je pus avoir le moindre soupçon de ses desseins, croyait que je ne m'étais rendu à Blefuscu que pour tenir ma promesse, selon l'autorisation qu'elle m'avait accordée et dont toute la Cour avait entendu parler. Mais ma longue absence finit par l'incommoder ; et, après avoir consulté l'Argentier et le reste de la cabale, on envoya une personne de qualité auprès de moi avec la copie de l'acte d'accusation. Ce messager avait pour mission de convaincre le monarque de Blefuscu de la grande clémence de son maître, qui se contentait de ma seule cécité comme châtiment. J'avais fui la justice et si je ne revenais pas dans les deux heures, je serais déchu de mon titre de *nardac* et déclaré traître. Le messager ajouta en outre que, afin de maintenir la paix et l'amitié entre les deux empires, son maître souhaitait voir son frère de Blefuscu donner ordre de me renvoyer à Lilliput, pieds et poings liés, pour être puni de ma traîtrise.

Après avoir pris conseil trois jours durant, l'Empereur de Blefuscu envoya une réponse pleine de courtoisie et d'excuses. Quant à me renvoyer pieds et poings liés, son frère n'y devait pas songer ; car, même si je lui avais enlevé sa flotte, il m'était tout de même hautement reconnaissant de tous les grands services que je lui avais rendus à l'époque où la paix se négociait. Que cependant Leurs deux Majestés se félicitent du tour que prenait la situation ; j'avais trouvé un bateau incroyable sur le rivage, capable de m'emmener loin ; il avait donné ordre de le réparer sous ma direction et il espérait bien que d'ici quelques semaines, les deux empires seraient débarrassés d'une charge aussi insupportable.

L'envoyé revint à Lilliput muni de cette réponse et le monarque de Blefuscu me raconta ce qui s'était passé, m'offrant en même temps (mais sous le sceau du secret) sa bienveillante protection, si je souhaitais demeurer à son service. Bien que je le crus sincère, je décidai cependant de ne plus jamais faire confiance aux princes et à leurs ministres, s'il m'était possible d'agir autrement. Donc, après avoir exprimé ma gratitude face à ses si louables intentions, je le suppliai humblement de bien vouloir m'excuser. Je lui dis que, puisque le destin, funeste ou favorable, avait jeté un bateau en travers de ma route, j'étais décidé à m'aventurer sur l'océan, plutôt que d'être un sujet de discorde entre deux monarques aussi puissants. L'Empereur n'en fut pas du tout mécontent ; et je découvris même par hasard qu'il était très heureux de cette décision, tout comme la plupart de ses ministres.

Ces considérations me poussèrent à hâter mes préparatifs.

Au bout d'un mois, je fis dire à Sa Majesté que je n'attendais plus que ses ordres pour m'en aller. L'Empereur et la famille royale sortirent du palais ; je m'allongeai pour lui baiser la main, qu'il me tendait avec beaucoup de grâce ; l'Impératrice fit de même, ainsi que les jeunes princes du sang. Sa Majesté me remit cinquante bourses de deux cents *sprugs* chacune, ainsi que son portrait en pied, que je rangeai aussitôt dans un de mes gants pour éviter de l'endommager.

Je chargeai la chaloupe de cent carcasses de bœufs et de celles de trois cents moutons, avec du pain et de la boisson en proportion, et autant de viande déjà préparée que pouvaient fournir quatre cents cuisiniers. J'emportai également six vaches et deux taureaux sur pied, autant de brebis et de béliers, avec l'intention de les ramener dans mon pays et d'en favoriser la reproduction. Pour les nourrir à bord, j'embarquai un bon ballot de foin et un sac de céréales. J'aurais volontiers pris une douzaine d'indigènes mais l'Empereur s'y était strictement opposé. Non content d'avoir fait fouiller mes poches, Sa Majesté me fit promettre sur l'honneur de n'embarquer aucun de ses sujets, même s'ils étaient consentants ou demandeurs.

Ayant ainsi préparé toutes choses du mieux possible, je fis voile le 24 septembre 1701, à six heures du matin. J'avais l'intention d'atteindre, dans la mesure du possible, une de ces îles que j'avais toute raison de croire au nord-est de la Terre de Van Diemen. Je ne vis rien de la journée. Le lendemain, vers trois heures de l'après-midi, alors que, d'après mes calculs, j'avais parcouru vingt-quatre lieues depuis que j'avais quitté Blefuscu, je discernai une voile faisant cap vers le sud-est. Je déployai toute ma toile et au bout d'une demi-heure, on m'aperçut, on hissa les couleurs et on tira un coup de pistolet. La joie que je ressentis en ayant soudain l'espoir de revoir mon pays bien-aimé et les êtres chers que j'y avais laissés est inexprimable. Le navire abattit ses voiles et je le rejoignis ; mon cœur battit en voyant les couleurs de l'Angleterre. Je glissai mes vaches et mes moutons dans mes poches et montai à bord avec toutes mes provisions. C'était un navire marchand qui revenait du Japon par le Pacifique nord et sud. Le capitaine, Mr. John Biddel de Deptford, était un homme fort courtois et un excellent marin. Ce gentilhomme me traita avec bonté et voulut m'entendre raconter d'où j'arrivais et où je me rendais. Je le fis en quelques mots, mais il pensa que je divaguais et que les dangers que j'avais courus avaient perturbé ma raison. Je sortis alors mon bétail et mes moutons de ma poche, ce qui, après l'avoir beaucoup surpris, le convainquit de la véracité de mes dires. Je lui montrai ensuite l'or que m'avait remis l'Empereur de Blefuscu, ainsi que le portrait en pied de Sa Majesté et quelques autres raretés de ce pays. Je lui offris deux bourses de deux cents *sprugs* chacune et promis, à notre arrivée en Angleterre, de lui faire cadeau d'une vache et d'une brebis, toutes deux prêtes à mettre bas bientôt.

Nous atteignîmes les Downs le 13 avril 1702.

Il n'y eut qu'un seul malheur, quand les rats du bord s'emparèrent d'un de mes moutons ; je trouvai ses os au fond d'un trou, proprement nettoyés. Je fis débarquer sain et sauf le reste de mon troupeau et les mis à paître dans un pré à Greenwich, où la qualité de l'herbe leur donna bon appétit, contrairement à ce que j'appréhendais. Je n'aurai jamais pu les garder en vie au cours d'un si long voyage si le capitaine ne m'avait pas donné de ses meilleurs biscuits qui, réduits en poudre et délayés dans l'eau, avaient été la seule nourriture de mon bétail. Durant le temps très court que je passai en Angleterre, je réalisai un profit considérable en montrant mes bestiaux à un public nombreux, plus ou moins de qualité. Et avant d'entreprendre mon deuxième voyage, je les vendis pour six cents livres. Depuis mon dernier retour, je vois que l'espèce s'est énormément développée, surtout les moutons ; ce qui, j'espère, se révélera un atout pour les manufactures de laine, étant donné la finesse de leur toison.

Je demeurai deux mois avec ma femme et mes enfants ; car mon insatiable désir de voir des terres étrangères m'empêcha de rester plus longtemps.

Mais le récit de ce voyage formera la deuxième partie de ce livre.

DEUXIÈME PARTIE

Le voyage de Brobdingnag

1

Une grosse tempête. L'auteur se retrouve abandonné sur le rivage ; un indigène s'empare de lui et le porte dans la maison d'un fermier. Comment on l'accueille, avec plusieurs incidents. Description des habitants.

Dix mois après mon retour, je quittai à nouveau mon pays natal et m'embarquai dans les Downs le 20 juin 1702, à bord de l'*Adventure* faisant route pour Sourât.

Au cours d'une tempête, nous fûmes déportés

à cinq cents lieues vers l'est, si bien que même le plus vieux marin du bord ne savait plus dans quelle partie du monde nous nous trouvions. Nos provisions étaient suffisantes, notre navire étanche et notre équipage en bonne santé ; mais nous manquions désespérément d'eau. Nous décidâmes qu'il valait mieux tenir le cap plutôt que de remonter vers le nord, ce qui aurait risqué de nous emmener dans les territoires du nord-ouest de la grande Tartarie et dans des mers gelées.

Le 16 juin 1703, un mousse vit la terre du haut du mât de hune. Le 17, nous arrivâmes en vue d'une grande île, ou d'un continent (impossible de le savoir). La côte sud formait un petit bras de terre qui surplombait la mer et une anse trop peu profonde pour abriter un navire de plus de cent tonneaux. Nous jetâmes l'ancre à une lieue de cette crique et notre capitaine envoya une douzaine de matelots bien armés à bord de la chaloupe, munis de récipients pour rapporter de l'eau. J'émis le souhait de partir avec eux. En mettant pied à terre, nous ne vîmes ni rivière ni ruisseau et pas trace d'habitants. Les hommes se dispersèrent sur la plage et je marchai seul pendant un mile environ, où je découvris un paysage désertique et rocailleux. Je commençais à me sentir las et comme rien ne venait piquer ma curiosité, je rebroussai tranquillement chemin. Revenu à la crique, je m'aperçus que les autres avaient déjà embarqué et qu'ils ramaient à toute force vers le navire. Je m'apprêtais à les héler, mais je vis alors qu'ils étaient poursuivis par un être gigantesque avançant à grande vitesse. L'eau lui montait à peine aux genoux et il faisait des pas d'une longueur prodigieuse. Mais les marins avaient une demi-lieue d'avance et la mer étant hérissée de rochers pointus, le monstre ne parvint pas à rattraper la chaloupe. Je repartis d'où je venais aussi vite que possible ; puis j'escaladai une pente abrupte qui m'offrit une vue plongeante sur le pays. Il était cultivé ; je fus surpris par la hauteur de l'herbe qu'on gardait pour le foin, plus de vingt pieds.

Je tombai sur une grande route, ou du moins je le crus, alors que ce n'était qu'un sentier qui traversait un champ d'orge. Je marchai un moment mais je ne voyais pas grand-chose car on n'était pas loin de la moisson et les épis faisaient bien quarante pieds. Il me fallut une heure pour atteindre l'extrémité du champ, clos d'une haie d'au moins cent vingt pieds. Un échalier permettait de passer de ce champ dans le suivant. Quatre marches surmontées d'une pierre. Cet échalier était impossible à franchir, parce que chaque degré faisait six pieds et la pierre plus de vingt. Je tentais de trouver une brèche dans la haie quand j'aperçus un indigène dans le champ d'à côté ; il était aussi grand que celui qui avait poursuivi notre chaloupe. Haut comme un clocher d'église, il couvrait dix yards à chaque pas. D'abord pétrifié de peur et d'étonnement, je courus me cacher dans les blés d'où je le vis observer le champ suivant en appelant d'une voix tonitruante. Surgirent sept monstres comme lui, une faucille à la main, large comme six de nos faux. Ceux-là n'étaient pas aussi bien vêtus que le premier, ce devaient être ses domestiques ou ses paysans. Il leur dit quelques mots et les autres se mirent à moissonner le champ dans lequel je me trouvais. Je cherchais à mettre le plus de distance possible entre eux et moi, mais j'avais du mal à me déplacer car le blé était planté serré. En atteignant une partie du champ où la pluie et le vent avaient couché les épis, je ne pus faire un pas de plus. Car les tiges emmêlées me barraient le passage et les épis à terre étaient si gros et si acérés qu'ils me griffaient à travers mes vêtements. Les moissonneurs étaient derrière moi, à moins de cent yards. Épuisé par ces efforts, anéanti de désespoir, je m'allongeai entre deux sillons prêt à y achever mes jours. Je me lamentai sur ma veuve inconsolable et mes enfants orphelins. Je pleurai sur mon entêtement à tenter un deuxième voyage, contre l'avis de tous. Je ne pus m'empêcher de penser à Lilliput, dont les habitants me considéraient comme le plus grand prodige de tous les temps. Je songeai à quel point il serait mortifiant d'apparaître ici aussi dérisoire qu'un Lilliputien chez nous. Mais ceci, je m'en rendais compte, n'était que le moindre de mes malheurs. Car ne dit-on pas que la cruauté et la barbarie des humains sont proportionnelles à leur corpulence ? Pouvais-je espérer autre chose que de me retrouver gobé par le premier de ces gigantesques barbares qui aurait l'occasion de m'attraper ? Les philosophes ont raison de nous expliquer que seule la comparaison permet de déterminer ce qui est grand et ce qui est petit.

J'étais dans tel état de terreur que j'avais du mal à réfléchir clairement lorsque je vis que l'un des moissonneurs risquait, au pas suivant, de m'écraser ou de me couper en deux avec sa faux. Donc, quand il bougea, je poussai un grand cri. L'énorme créature s'arrêta net et finit par me repérer. Il demeura immobile avec la prudence de celui qui examine un petit animal dangereux avant de s'en saisir. Finalement, il se résolut à me prendre entre son pouce et son index, par le milieu, et me monta à trois yards de ses yeux pour mieux m'examiner. Je compris son intention et j'eus la présence d'esprit de ne pas me débattre bien qu'il me pinçât fort douloureusement les flancs, par crainte de me laisser glisser. Tout ce que j'osai ce fut de lever les yeux vers le soleil et de joindre les mains dans un geste suppliant en prononçant quelques mots d'une voix triste et pleine d'humilité. Car je craignais qu'il ne me jette à terre, comme on fait avec les bestioles détestables qu'on a envie d'exterminer. Mais ma voix et mes gestes parurent lui plaire et il m'observa avec intérêt, très étonné d'entendre un langage articulé. Je versai quelques larmes en gémissant pour lui faire comprendre à quel point la pression de ses doigts me faisait souffrir. Il parut saisir mon propos car, soulevant le pan de son habit, il me glissa doucement dedans et courut aussitôt me montrer à son maître, un riche fermier, celui-là même que j'avais déjà vu dans le champ.

Après avoir écouté le récit de son domestique, le fermier prit une brindille de paille, grosse comme une canne, et souleva les pans de mon habit, qu'il avait l'air de considérer comme une protection offerte par la nature. Il souffla pour rejeter mes cheveux en arrière et dégager mon visage. Il appela ses gens pour leur demander s'ils avaient déjà vu dans les champs une petite créature dans mon genre. Il me déposa ensuite doucement sur le sol à quatre pattes, mais je me redressai immédiatement et je me mis à aller et venir doucement, pour bien leur faire comprendre que je n'avais nullement l'intention de m'enfuir. Ils firent cercle autour de moi, pour ne rien perdre de mes déambulations. J'ôtai mon chapeau et m'inclinai bien bas devant le fermier. Je tombai à genoux, les yeux au ciel et les mains jointes, et je prononçai quelques mots le plus fort que je pus. Je pris une bourse pleine d'or dans ma poche et la lui offris humblement. Il s'en saisit et la rapprocha de son œil pour voir ce que c'était avant de la retourner à plusieurs reprises avec la pointe d'une épingle (attrapée dans sa manche). Je lui fis signe de poser sa main à terre. Je récupérai la bourse, l'ouvris et posai tout l'or dans sa paume. Il mouilla le bout de son petit doigt sur sa langue et toucha une pièce, puis une autre, mais ces objets lui étaient inconnus. Il me signifia de remettre le tout dans ma poche.

Cela suffit pour que ce fermier me considérât comme un être doué de raison. Il se mit à me parler mais sa voix me perçait les oreilles comme le bruit d'un moulin à eau, bien que son langage fût assez articulé. Je répondis le plus fort que je pus, en plusieurs langues, il s'approcha, mais en vain, car ce que disait l'un était inintelligible pour l'autre. Il renvoya ses domestiques à leurs tâches et, sortant son mouchoir de sa poche, le replia et le posa sur sa main gauche, qu'il étendit à plat sur le sol ; il me fit signe de monter, ce que je fis sans difficulté. Je considérai que j'avais intérêt à obéir et, craignant de tomber, je m'allongeai ; pour plus de sécurité, il me recouvrit la tête du tissu qui restait et m'amena chez lui ainsi. Quand sa femme me vit, elle poussa un cri et s'enfuit, comme font les femmes en Angleterre à la vue d'un crapaud ou d'une araignée. Cependant, après avoir observé ma façon de me comporter et constaté que j'obéissais aux ordres de son mari, elle se calma et peu à peu, en vint à m'aimer tendrement.

Il était aux environs de midi et une servante apporta le déjeuner. Il était constitué d'un unique et substantiel plat de viande (adapté à la condition d'un homme économe), servi dans un récipient de vingt-quatre pieds de diamètre. Les convives étaient le fermier et sa femme, trois enfants et une vieille grand-mère. Quand ils furent assis, le fermier me posa non loin de lui sur la table, qui était à trente pieds au-dessus du sol. J'avais très peur et je me tenais aussi loin que possible du bord. La femme découpa un morceau de viande puis émietta un bout de pain sur une planche qu'elle plaça devant moi. Je la remerciai d'une révérence, je sortis mon couteau et ma fourchette et me mis à manger, ce qui les ravit. La maîtresse de maison demanda à la servante d'apporter un petit verre, qui devait contenir trois bons gallons, et de le remplir. Je le soulevai difficilement à deux mains et, avec tout le respect possible, je bus à la santé de Madame, m'exprimant en anglais le plus fort possible, ce qui fit s'esclaffer si bruyamment la compagnie que j'en fus presque sourd. La boisson ressemblait à un petit cidre et n'était pas désagréable. Puis le maître de maison me fit signe d'approcher. En marchant sur la table, je trébuchai sur une miette et m'étalai de tout mon long mais sans me faire mal. Je me relevai aussitôt et, voyant ces braves gens fort inquiets, je pris mon chapeau (que je tenais sous mon bras, comme l'exigent les bonnes manières) et le brandissant au-dessus de ma tête, je poussai trois hourras pour montrer que ma chute n'avait eu aucune conséquence. Comme je me dirigeai vers mon maître (je l'appellerai désormais ainsi), le benjamin de ses fils assis à côté de lui, un charmant garçon d'une dizaine d'années, m'attrapa par les jambes en me tenant si haut que j'en tremblais de tous mes membres. Mais son père me saisit et lui asséna une bonne claque, qui aurait suffi à jeter à terre une troupe de chevaux en Europe, en lui ordonnant de quitter la table. Craignant que le garçon n'en conçoive de la rancune à mon égard et n'ayant pas oublié à quel point les enfants chez nous se montrent naturellement cruels, je me mis à genoux et, désignant le gamin, je fis comprendre à mon maître que je souhaitais qu'il pardonnât à son fils. Le père céda et l'enfant se rassit. Je m'avançai alors vers lui pour lui embrasser la main ; mon maître la prit et lui montra comment me caresser doucement.

Au milieu du repas, le chat préféré de ma maîtresse sauta sur ses genoux. J'entendis un bruit derrière moi, comme si une douzaine de métiers à tisser étaient à l'œuvre. Je compris que c'était le ronronnement de cet animal, trois fois plus gros qu'un bœuf, si j'en croyais la taille de sa tête et de l'une de ses pattes. Son apparente férocité me terrifiait. Pourtant, j'étais à l'autre bout de la table, à plus de cinquante pieds de distance et ma maîtresse le tenait fermement, craignant que d'un bond, il ne me saisît entre ses griffes. Mais il s'avéra qu'il n'y avait nul danger, car le chat ne fit aucunement attention à moi lorsque mon maître me posa à trois yards de lui. Et comme fuir ou montrer sa peur devant un animal féroce est le meilleur moyen de l'amener à vous pourchasser ou à vous attaquer, je décidai de ne montrer nulle inquiétude. Je passai cinq ou six fois de suite avec intrépidité devant la tête du chat et m'approchai à moins d'un demi-yard. Ce fut lui qui se recula, comme s'il avait peur de moi. J'eus moins d'appréhension envers les chiens. Il y avait un mâtin gros comme quatre éléphants et un lévrier, plus grand que le mâtin mais moins massif.

À la fin du repas, une nourrice entra, portant un enfant d'un an dans les bras ; il me repéra immédiatement et hurla pour qu'on le laisse jouer avec moi. Par pure faiblesse, sa mère me mit à sa portée ; il m'attrapa aussitôt par la taille et fourra ma tête dans sa bouche. Je poussai un tel rugissement que l'enfant prit peur et me lâcha ; je me serais rompu le cou si sa mère ne m'avait pas retenu dans son tablier. Pour calmer l'enfant, la nourrice fut contrainte de lui donner le sein. Je dois avouer que rien ne m'avait jamais autant écœuré que la vision de ce sein monstrueux. Le téton était gros comme la moitié de ma tête ; la peau, comme celle de la mamelle, était à ce point constellée de boutons, de rougeurs et de taches que cela ne pouvait que donner des haut-le-cœur. Car je voyais cette femme de près puisqu'elle s'était assise pour allaiter l'enfant commodément tandis que j'étais debout sur la table. Cela me fit réfléchir à la peau lisse de nos dames anglaises, qui nous paraît si belle seulement parce qu'elles ont la même taille que nous et que leurs défauts ne seraient visibles qu'à la loupe ; on sait par expérience qu'ainsi, la peau la plus lisse et la plus blanche semble blême, épaisse et rugueuse.

Lorsque j'étais à Lilliput, le teint de ces êtres minuscules me paraissait le plus clair du monde. Un de mes amis érudit m'expliqua que mon visage paraissait plus clair et plus lisse d'en bas que lorsque je le montai dans ma main. Il voyait des cratères dans ma peau, les poils de ma barbe étaient dix fois plus gros que les soies d'un sanglier et mon teint mélangeait laidement plusieurs couleurs. Pourtant, je puis me vanter d'avoir le teint clair et en dépit de tous mes voyages, je ne suis guère hâlé. D'ailleurs, en décrivant les dames à la cour de l'Empereur, il me racontait que l'une avait des taches de rousseur, l'autre une trop grande bouche, une troisième un gros nez et moi, je ne voyais rien de tout cela. J'avoue que cette remarque est assez évidente. Et pourtant je ne veux pas m'en dispenser, de crainte que le lecteur n'imagine ces géants comme déformés. Il faut leur rendre justice : c'est une belle race. Les traits de mon maître, même s'il n'était qu'un fermier, quand je les contemplais d'une hauteur de soixante pieds, paraissaient parfaitement proportionnés.

Le déjeuner terminé, mon maître repartit vers ses paysans non sans donner à sa femme l'ordre exprès de prendre soin de moi. J'étais très fatigué et tout disposé à dormir, ce que ma maîtresse comprit. Elle me posa sur son lit et me couvrit avec un mouchoir blanc propre, plus vaste et plus rugueux que la grand-voile d'un bâtiment de guerre.

Je dormis deux heures et rêvai que j'étais chez moi avec ma femme et mes enfants. Mon chagrin fut grand quand je me réveillai seul dans cette immense pièce, qui mesurait entre deux et trois cents pieds de large et plus de deux cents de haut, couché dans un lit de vingt yards de large. Ma maîtresse, partie vaquer à ses occupations domestiques, m'avait enfermé à clé. Le lit se trouvait à huit yards du sol. Des besoins pressants m'obligeaient à en descendre. J'en étais là de mes réflexions lorsque deux rats escaladèrent les rideaux et se mirent à courir sur le lit. L'un d'eux vint me renifler sous le nez, je me redressai d'un bond, effrayé, et dégainai mon poignard. Ces horribles bêtes eurent l'audace de m'attaquer des deux côtés à la fois et l'une d'elles me saisit au col ; mais j'eus la chance de lui ouvrir le ventre avant qu'elle ait eu le temps de me blesser. L'animal tomba à mes pieds et l'autre, voyant le sort de son camarade, s'enfuit. Je réussis à l'atteindre dans le dos et la blessure se mit aussitôt à saigner. Après cet exploit, j'arpentai lentement le lit pour retrouver mon souffle et mes esprits. Ces créatures étaient grosses comme des mâtins, mais beaucoup plus lestes et féroces ; si j'avais ôté mon baudrier pour dormir, j'aurais été mis en pièces et dévoré. L'idée de débarrasser le lit de cette carcasse ensanglantée me levait le cœur. Le rat vivait encore mais je l'achevai en lui tranchant le cou.

Peu de temps après, ma maîtresse entra dans la pièce ; me voyant couvert de sang, elle me prit aussitôt dans sa main. Je montrai le rat mort en souriant et en lui faisant comprendre que j'étais indemne. Elle en fut ravie et appela la servante qui saisit le cadavre avec des pincettes et le jeta par la fenêtre. Puis elle me posa sur la table où je lui montrai mon poignard maculé de sang ; je l'essuyai sur le pan de mon habit et le remis dans son fourreau. J'avais des besoins pressants que nul ne pouvait faire à ma place. La brave femme finit par comprendre mes préoccupations et m'emmena dans le jardin où elle me posa. Après lui avoir fait signe de ne pas regarder et de ne pas me suivre, j'allai me cacher entre deux feuilles d'oseille pour me libérer des nécessités de la nature.

2

Une description de la fille du fermier. L'auteur découvre le marché puis la capitale. Les détails de son voyage.

Ma maîtresse avait une fille de neuf ans en avance pour son âge, sachant à merveille couper et coudre des vêtements de poupée. Sa mère et elle imaginèrent de me préparer un lit dans le tiroir d'une commode qu'on déposa sur une étagère en hauteur par peur des rats. Ce fut ma couche tout le temps que je demeurai dans ce pays, mais on l'améliora petit à petit. Cette jeune personne était si adroite que, après m'avoir vu me déshabiller une ou deux fois, elle fut capable de le faire pour moi, même si je préférais accomplir cette tâche seul. Elle me tailla sept chemises dans le tissu le plus fin qu'elle put trouver, mais qui en fait était plus grossier que de la toile à sac ; elle lavait toujours mes effets de ses propres mains. De même, ce fut elle qui m'enseigna leur langue. Quand je montrai quelque chose du doigt, elle le nommait si bien qu'en quelques jours, je fus en mesure de réclamer ce qui me manquait. Elle était d'humeur fort égale et ne mesurait pas plus de quarante pieds, car elle était petite pour son âge. Elle me donna le nom de Grildrig, que la famille puis tout le royaume adoptèrent. C'est à elle que je dois surtout d'avoir survécu dans ce pays. Nous ne nous sommes jamais séparés pendant tout mon séjour ; je l'appelais ma Glumdalclitch, ma petite nourrice. Et je me rendrais coupable d'une grande ingratitude si j'omettais de relater le soin qu'elle prit de moi et l'affection qu'elle me manifesta ; je regrette de tout mon cœur de n'avoir pu la payer de retour, comme elle le mérite, au lieu d'avoir été, comme j'ai des raisons de le craindre, l'innocent instrument de sa disgrâce.

La rumeur se répandait que mon maître avait

trouvé un étrange animal dans les champs, gros comme un *splacknuck*, mais une réplique exacte de la créature humaine. Un autre fermier, un ami de mon maître qui vivait non loin de là, vint lui rendre visite, poussé par la curiosité. Aussitôt, on me posa sur une table où je me mis à marcher, où je dégainai mon poignard, le rengainai, fis la révérence devant l'hôte et m'enquis chaleureusement de sa santé dans sa langue, comme me l'avait appris ma petite préceptrice. Cet homme, un vieillard à la vue basse, chaussa ses lunettes pour mieux m'examiner ; je ne pus alors m'empêcher de rire de bon cœur car ses yeux ressemblaient à deux lunes pleines brillant aux fenêtres d'une chambre. Nos gens, comprenant mon hilarité, se joignirent à moi, et le vieil homme en fut bêtement fâché. C'était un personnage d'une grande avarice et pour mon malheur, il se montra digne de sa réputation et conseilla à mon maître de me produire à la ville voisine un jour de marché. En voyant mon maître et son ami chuchoter longuement, en me montrant parfois du doigt, je compris qu'il y avait un mauvais coup dans l'air. Le lendemain matin, Glumdalclitch, ma petite nourrice, me raconta toute l'affaire, qu'elle avait réussi à arracher à sa mère à force de ruse. La pauvre petite me posa dans son giron et se mit à pleurer de honte et de chagrin. Elle craignait que la foule, dans sa brutalité, ne m'écrase ou ne me brise un membre. En outre, elle avait remarqué ma pudeur et mon sens de l'honneur ; ce serait pour moi une indignité d'être exposé contre de l'argent, comme un spectacle réservé à la pire populace. Ses parents avaient promis de lui donner Grildrig, mais ils avaient l'intention d'en user comme l'année précédente, lorsqu'ils lui avaient offert un agneau qu'ils avaient vendu à un boucher dès qu'il avait été gras à point. Qu'il me soit permis d'affirmer que j'étais moins inquiet que ma nourrice. J'avais toujours l'espoir de recouvrer un jour ma liberté. Quant à la honte d'être produit comme un monstre de foire, je me considérais comme étranger au pays ; si je devais rentrer en Angleterre, on ne saurait me reprocher une telle disgrâce puisque le roi de Grande-Bretagne lui-même, dans ma situation, eût enduré le même calvaire.

Le premier jour de marché, mon maître, suivant le conseil de son ami, m'emporta jusqu'à la ville voisine et prit en croupe sa jeune fille ma nourrice. La boîte dans laquelle il me transporta était close de tout côté, avec une petite porte pour entrer et sortir, et quelques trous d'aération. La demoiselle avait eu l'attention d'y étaler l'édredon de son lit de poupée, pour que je puisse m'allonger. Pourtant, durant ce voyage qui ne dura qu'une demi-heure, je fus secoué et moulu. Car le cheval avalait quarante pieds à chaque pas et trottait si haut que l'amplitude du mouvement valait celle d'un bateau pris dans une tempête. Mon maître s'arrêta dans une auberge qu'il fréquentait régulièrement.

Après avoir consulté l'aubergiste et procédé à quelques préparatifs indispensables, il embaucha le *grultrud*, ou crieur public, pour annoncer dans toute la ville qu'on pouvait voir, à l'enseigne du *Horn and Crown*, une étrange créature pas plus grande qu'un *splacknuck* (un ravissant animal de ces régions qui mesure six pieds de long), ressemblant trait pour trait à un humain, capable de prononcer quelques mots et d'accomplir une centaine de tours amusants.

On me posa sur une table dans la grande salle de l'auberge. Ma petite nourrice s'assit à côté sur un tabouret bas, pour s'occuper de moi. Mon maître, pour éviter la foule, n'accepta de faire entrer que trente personnes. Je fis le tour de la table, comme me l'ordonna la petite ; elle me posa des questions qu'elle me savait capable de comprendre et j'y répondis le plus fort que je pus. Je m'inclinai à plusieurs reprises devant l'assemblée, les assurai de mes meilleurs sentiments, leur souhaitai la bienvenue et quelques autres formules que j'avais apprises. Je pris un dé rempli d'alcool, que Glumdalclitch m'avait donné comme verre, et bus à leur santé. Je sortis mon poignard et me mis à ferrailler à la manière des escrimeurs en Angleterre. Ma nourrice me tendit un brin de paille, dont je me servis comme d'une lance car j'avais appris cet art dans ma jeunesse. Ce jour-là, je donnai douze représentations et je dus recommencer douze fois les mêmes simagrées, jusqu'à ce que je fus à moitié mort d'épuisement et d'ennui. Car ceux qui m'avaient vu en faisaient un récit tellement émerveillé que la foule était prête à enfoncer les portes. Mon maître, qui protégeait ses intérêts, interdisait à quiconque de me toucher, ma petite maîtresse exceptée. Pour me mettre à l'abri du danger, hors de portée des spectateurs, on avait disposé des bancs autour de la table. Un écolier me visa pourtant à la tête avec une noisette et ne rata sa cible que d'un cheveu ; sinon, le coup aurait été si violent qu'il m'aurait détruit le cerveau car la noisette avait la taille d'une petite citrouille. Mais j'eus la satisfaction de voir la jeune brute se faire rosser et chasser de la salle.

Mon maître fit annoncer que je reviendrais le prochain jour de marché. Dans l'intervalle, il me prépara un véhicule plus confortable, ce qui était un bon calcul car j'étais si fatigué de mon premier voyage que, après avoir amusé le public huit heures d'affilée, je ne pouvais plus tenir sur mes jambes ni prononcer un mot. Il me fallut trois jours pour récupérer mes forces. D'autant qu'à la maison, je n'eus pas l'occasion de me reposer car toute la noblesse alentour dans un rayon de cent miles, ayant eu vent de mes talents, vint me voir. Si bien que, pendant un certain temps, je n'eus que fort peu le temps de me reposer (sauf le mercredi, qui est leur sabbat) même quand je ne me rendais pas au marché.

Mon maître, quand il vit quelle source de profit je représentais, résolut de m'emmener dans les plus grandes villes du royaume. S'étant procuré ce dont il avait besoin pour un long voyage, après avoir réglé ses affaires domestiques, il prit congé de sa femme et nous partîmes pour la capitale, située en plein centre de cet empire et à trois mille miles de notre maison. Mon maître voulut que sa fille Glumdalclitch monte derrière lui. Elle me tenait sur ses genoux, installé dans une boîte qu'elle avait fixée à sa taille. Elle l'avait doublée partout du tissu le plus doux qu'elle ait pu trouver, dûment matelassé. Elle l'avait meublée avec son lit de poupée, garni de linge, et avait tout installé le plus confortablement possible. Nous n'avions pas d'autre escorte qu'un gars de la maison, qui chevauchait à notre suite avec les bagages.

En route, mon maître avait le projet de s'arrêter dans toutes les villes, les villages et les demeures des gens importants dans un rayon de cinquante ou cent miles. Nous parcourions des petites distances, pas plus de cent quarante ou cent soixante miles par jour. Car Glumdalclitch, pour me ménager, se plaignait de mal supporter le trot du cheval. Elle me sortait de ma boîte quand je le souhaitais, pour me faire prendre l'air et me montrer le paysage, mais me tenait toujours au bout d'une laisse. Nous franchîmes cinq ou six fleuves bien plus larges et plus profonds que le Nil ou le Gange. Notre périple dura dix semaines et on m'exhiba dans dix-huit grandes villes, sans compter de nombreux villages et demeures.

Le 26 octobre, nous arrivâmes à la capitale qui

s'appelait dans leur langue *Lorbrulgrud*, ou Fierté de l'Univers. Mon maître se logea dans l'artère principale, non loin du Palais royal et, comme à l'accoutumée, fit apposer des affiches donnant une description précise de ma personne. Il loua une vaste salle et se procura une table sur laquelle je devais faire mon numéro ; il érigea une barrière à trois pieds du bord pour m'empêcher de tomber. Je dus me produire dix fois par jour pour l'émerveillement et la satisfaction des foules. Je pouvais à présent m'exprimer assez correctement et je comprenais ce qu'on me disait. En outre, j'avais appris l'alphabet et je déchiffrais une phrase par-ci par-là. Glumdalclitch m'avait donné des cours à la maison et depuis que nous étions partis, pendant nos heures de loisir. Elle transportait dans sa poche un manuel à l'usage des jeunes filles, dans lequel se trouvait un bref exposé de leur religion ; c'est là-dedans qu'elle m'apprit mes lettres et m'expliqua le sens des mots.

3

L'auteur est mandé à la Cour. La Reine l'achète à son maître le fermier et le présente au Roi. Ses disputes avec les grands savants de Sa Majesté. L'auteur est logé à la Cour. Il est le favori de la Reine. Il défend l'honneur de son pays. Ses querelles avec le nain de la Reine.

Le travail incessant auquel j'étais soumis quotidiennement entraîna une dégradation de ma santé. Plus je rapportais d'argent à mon maître, plus il devenait insatiable. Moi, j'avais perdu tout appétit et j'étais presque réduit à l'état de squelette. Le fermier s'en aperçut, conclut que j'allais bientôt mourir et décida de tirer le meilleur parti possible de ma personne. Tandis qu'il raisonnait ainsi et faisait ses calculs, un *slardral*, un huissier, arriva de la Cour et ordonna à mon maître de m'emmener immédiatement là-bas pour distraire la Reine et ses dames de compagnie. Certaines d'entre elles m'avaient déjà vu et ne tarissaient pas d'éloges sur ma beauté, mes bonnes manières et mon esprit.

Mon comportement enchanta Sa Majesté et son entourage au-delà de toute expression. Je tombai à genoux et implorai l'honneur de baiser le pied royal. Mais cette gracieuse princesse me tendit son petit doigt (après qu'on m'eut installé sur une table) que j'enlaçai de mes deux bras et dont je portai l'extrémité, avec le plus grand respect, à mes lèvres. Elle me posa quelques questions générales sur mon pays et mes voyages et je lui répondis le plus clairement et le plus brièvement possible. Elle me demanda si je serais heureux de vivre à la Cour. Je m'inclinai jusqu'au plateau de la table en répondant humblement que j'étais l'esclave de mon maître mais que si c'était à moi de décider, je serais fier de consacrer ma vie à servir Sa Majesté. Elle interrogea ensuite mon maître pour savoir s'il était prêt à me vendre un bon prix. Lui, qui craignait que je ne passe pas le mois, réclama mille pièces d'or, qu'on lui compta sur-le-champ. À rapporter cela aux proportions de l'Europe, et de la valeur de l'or, cela ne dépassait guère les mille guinées anglaises. Puisque j'étais désormais son plus humble vassal, je réclamai alors à la Reine une faveur : que Glumdalclitch, qui avait toujours si bien pris soin de moi, entre à son service et continue à être ma gouvernante et mon instructrice. Sa Majesté agréa ma demande et obtint facilement le consentement du fermier qui n'était que trop heureux de voir sa fille admise à la Cour. La pauvre petite elle-même ne pouvait cacher sa joie. Mon ancien maître partit, affirmant qu'il me laissait en bonnes mains. Je ne répondis rien, me contentant d'incliner la tête.

Ma froideur n'échappa pas à la Reine et elle voulut en connaître la raison. Je n'hésitai pas à raconter que la seule chose dont j'étais reconnaissant à mon ancien maître, c'était de ne pas avoir écrasé la tête d'une malheureuse créature inoffensive trouvée par hasard dans son champ. Cette obligation, je m'en étais amplement acquitté par les profits qu'il avait réalisés en m'exhibant à travers la moitié du royaume et par l'or qu'il avait touché en me vendant. Qu'il m'avait fait mener une vie assez pénible pour tuer un animal dix fois plus résistant que moi. Mais désormais, je ne craignais plus de me voir maltraité puisque je me trouvais sous la protection d'une Impératrice aussi belle que bonne, la gloire de la nature, l'idole du monde, le délice de ses sujets, le phœnix de la création. Déjà, je sentais mon courage revenir par la seule influence de sa très auguste présence.

Voilà le résumé de mon discours, qui fourmillait d'erreurs et d'hésitations ; la dernière partie adoptait néanmoins le style particulier de cette nation, car Glumdalclitch m'en avait enseigné quelques tournures.

La Reine, qui accueillit mes insuffisances de langage avec beaucoup d'indulgence, fut cependant surprise de trouver tant d'esprit et d'intelligence chez un animal aussi minuscule. Elle alla me montrer au Roi, qui s'était retiré dans son cabinet. Sa Majesté, un prince sévère à l'expression austère, ne m'accorda qu'un regard distrait et demanda à la Reine, d'un ton froid, depuis quand elle s'était entichée d'un *splacknuck* ; car il semble que c'est ainsi qu'il me vit, couché à plat ventre dans la main droite de la Reine. Mais cette princesse, qui ne manquait ni d'esprit ni d'humour, me remit doucement debout et m'ordonna de me présenter à Sa Majesté, ce que je fis en peu de mots.

Glumdalclitch attendait à la porte du cabinet ; elle entra, car elle supportait mal de me perdre de vue, et confirma tout ce qui s'était passé depuis que j'étais arrivé chez son père.

Avant que je ne me mette à parler, le Roi, bien qu'il fût une des personnes les plus instruites de son empire et qu'il ait étudié la philosophie et surtout les mathématiques, s'était imaginé que j'étais un mécanisme à ressorts (dans ce pays, c'est un art qui atteint la perfection) conçu par quelque habile artisan. Mais lorsqu'il entendit ma voix et s'aperçut que mon discours était sensé, il ne put dissimuler sa surprise. Il ne fut pas convaincu par le récit de mon arrivée, persuadé qu'il s'agissait d'une fable imaginée par Glumdalclitch et son père, qui m'avait appris quelques mots afin de me vendre à un meilleur prix. Guidé par cette idée, il me posa plusieurs questions et obtins de ma part des réponses raisonnables qui n'avaient d'autre défaut que mon accent étranger et ma méconnaissance de la langue où apparaissaient des tournures rustiques que j'avais apprises à la ferme et qui n'allaient pas avec le style policé qu'on emploie à la Cour.

Sa Majesté envoya chercher trois grands savants. Ces messieurs, après avoir examiné ma personne avec courtoisie, furent tous d'accord pour dire que je n'avais pas été conçu selon les lois habituelles de la nature, puisque j'étais incapable de me défendre, me déplaçant lentement, ne sachant ni grimper aux arbres ni creuser de trous dans la terre. Mes dents, qu'ils examinèrent attentivement, leur apprirent que j'étais carnivore ; cependant, ils ne comprenaient pas comment je parvenais à survivre, sauf à me nourrir d'escargots et autres insectes, hypothèse qu'ils finirent par rejeter à grands coups de discussions savantes. L'un de ces génies paraissait croire que j'étais un embryon, le fruit d'une naissance avortée. Mais les deux autres n'étaient pas d'accord au vu de la perfection et du fini de mes membres ; en outre, j'avais déjà vécu plusieurs années, comme le prouvait ma barbe dont les poils se distinguaient clairement quand on les regardait à la loupe. Ils ne me considéraient pas comme un nain, parce que ma taille minuscule défiait toutes les comparaisons. Après avoir longuement débattu, ils conclurent que j'étais seulement *relplum scalcath* – mot à mot *lusus naturae*, un caprice de la nature.

Après cette conclusion définitive, j'implorai qu'on me laissât placer un mot. Je m'adressai au Roi, lui affirmant que je venais d'un pays où vivaient plusieurs millions de personnes des deux sexes ayant la même stature que moi et où j'étais tout à fait en mesure de me défendre et de trouver ma subsistance. Ce qui parut clore le débat. Ces messieurs ne me répondirent que par un sourire méprisant en disant que le fermier m'avait fort bien appris ma leçon. Le Roi, qui avait une intelligence supérieure, renvoya ses savants et fit amener le fermier qui, par chance, n'avait pas encore quitté la ville. Après l'avoir interrogé en tête à tête, il le confronta d'abord avec moi puis avec sa fille ; Sa Majesté se prit à penser que nous lui disions la vérité. Il pria la Reine de veiller à ce qu'on prenne particulièrement soin de moi et souhaita que Glumdalclitch continue à s'occuper de moi. Elle disposa d'un logement confortable à la Cour ; on nomma une gouvernante pour veiller à son éducation, une servante pour l'habiller et deux autres domestiques pour accomplir les tâches subalternes. Mais c'était à elle seule de régler ce qui me concernait. La Reine ordonna à son ébéniste de concevoir une boîte qui pourrait me servir de chambre. La planche supérieure se soulevait grâce à deux charnières ; on installa un lit que Glumdalclitch aérait tous les jours ; le soir, elle le redescendait et verrouillait le toit. Un célèbre artisan me fabriqua deux sièges et deux tables, dans une matière qui ressemblait à de l'ivoire, ainsi qu'un cabinet dans lequel ranger mes affaires. La chambre était capitonnée, sol et plafond compris, pour que je n'aie pas à souffrir du manque de délicatesse de mes porteurs et pour amortir la violence des cahots quand je voyageais. Je réclamai un verrou pour ma porte, afin de barrer l'entrée aux rats et aux souris. La Reine ordonna qu'on me taille des vêtements dans la soie la plus fine qu'on pût trouver. Ils étaient à la mode du royaume, rappelant à moitié la Perse, à moitié la Chine et de belle coupe sévère.

La Reine appréciait tant ma compagnie qu'elle ne pouvait plus dîner sans moi. Ma table était posée sur la sienne, à son coude gauche, et j'avais une chaise sur laquelle m'asseoir. Glumdalclitch était sur un tabouret pour m'aider et prendre soin de moi. Je possédais toute une vaisselle d'argent, assiettes, plats et autres nécessités. Ma petite gouvernante la gardait dans sa poche, rangée dans un coffret de même métal. C'était elle qui se chargeait de la laver. Seules les deux princesses dînaient avec la Reine ; l'aînée avait seize ans et la cadette treize ans et un mois. Sa Majesté posait un morceau de viande sur un de mes plats et je la coupais moi-même. Elle adorait me regarder manger en miniature. Car la Reine (qui pourtant avait fort peu d'appétit) avalait en une seule bouchée autant qu'une douzaine de fermiers anglais dévorent en un repas ; ce qui fut longtemps pour moi un spectacle répugnant. Elle broyait entre ses dents l'aile d'une alouette, avec les os, même si celle-ci était neuf fois plus grande qu'une dinde adulte. Elle buvait dans une timbale d'or, un tonneau à chaque gorgée. Ses couteaux étaient deux fois plus longs qu'une faux dressée sur son manche.

L'usage voulait que chaque mercredi, le Roi et la Reine dînent avec leur progéniture des deux sexes dans l'appartement de Sa Majesté le Roi, dont j'étais devenu un des grands favoris. À ces occasions, ma chaise et ma petite table étaient posées à sa gauche, devant l'une des salières. Ce prince avait plaisir à bavarder avec moi, m'interrogeant sur les mœurs, la religion, les lois, la politique et l'éducation en Europe. Son entendement était si clair et son jugement si précis qu'il faisait maintes réflexions et observations pertinentes sur tout ce que je disais. Mais j'avoue qu'après m'être montré un jour un peu trop disert à propos de mon pays bien-aimé, le Roi, emporté par les préjugés de son éducation, ne put s'empêcher de me saisir dans sa main droite et de me demander si j'étais un whig ou un tory. Puis, se tournant vers son Premier ministre, il fit remarquer à quel point la grandeur humaine était méprisable, puisqu'elle pouvait être singée par des insectes aussi minuscules que moi. Et pourtant, ajouta-t-il, j'ose affirmer que ces créatures ont leurs titres de noblesse et leurs décorations ; elles inventent des nids et des terriers qu'elles nomment demeures et villes ; elles rivalisent de splendeur dans leurs tenues et leurs équipages ; elles tombent amoureuses, elles se battent, elles discutent, elles trichent, elles trahissent. Et il continua sur ce ton tandis que je changeais de couleur, indigné d'entendre notre noble nation, maîtresse des arts et des armes, fléau de la France, arbitre de l'Europe, siège du courage, de la piété, de l'honneur et de la vérité, l'orgueil et la jalousie du monde, traitée avec tant de mépris.

Mais, comme je n'étais pas en mesure d'être offensé, après avoir mûrement réfléchi, je ne fus plus très sûr d'avoir été injurié. Car, habitué depuis plusieurs mois à fréquenter ces gens, à bavarder avec eux, à ne voir que des objets proportionnés à leur taille, l'horreur que m'avaient d'abord inspirée leur aspect et leur corpulence s'était tellement émoussée que si je m'étais retrouvé en compagnie de lords et de ladies anglais vêtus de leurs plus beaux atours, jouant leurs rôles dans la meilleure tradition de la Cour, se pavanant, saluant et débitant des bêtises, pour dire la vérité, j'aurais été fortement tenté de me moquer d'eux, tout autant que ce Roi et ses seigneurs le faisaient de moi. Pas plus que je ne pouvais m'empêcher de sourire de moi-même lorsque la Reine me posait sur sa main face à un miroir et qu'ainsi nos deux personnes apparaissaient côte à côte. La comparaison était des plus risibles et je m'imaginais avoir perdu beaucoup de ma taille.

Rien ne me mettait davantage en colère et ne m'humiliait autant que le nain de la Reine qui devenait insolent en présence d'une créature tellement plus minuscule que lui. Il se pavanait d'un air supérieur en passant devant moi dans l'antichambre de la Reine, tandis que, debout sur une table, je bavardais avec les seigneurs et les dames de la Cour et il se dispensait rarement de lâcher un ou deux bons mots sur ma petite taille. Ce dont je ne pouvais me venger qu'en l'appelant frère, en le provoquant à la bagarre et autres gracieusetés en usage chez les pages de cour. Un jour, à dîner, ce nuisible petit bonhomme était si irrité d'une chose que je lui avais dite que, grimpant sur le dossier du siège de Sa Majesté, il m'attrapa par la ceinture et me jeta dans une grande jatte d'argent remplie de crème avant de s'enfuir à toutes jambes. J'y tombai la tête la première et si je n'avais pas été bon nageur, mon destin était scellé. Car Glumdalclitch était justement à l'autre bout de la salle et la Reine, dans sa terreur, n'eut pas la présence d'esprit de me venir en aide. Mais ma petite maîtresse courut à mon secours et me sortit de là, après que j'ai avalé plus d'un quart de crème. On me mit au lit ; cependant, il n'y eut à déplorer que la perte de mon habit. Le nain fut fouetté et on l'obligea à boire tout le saladier de crème dans lequel il m'avait jeté. Il ne redevint jamais un favori. Je ne le revis plus, à ma grande satisfaction.

La Reine se moquait souvent de mes craintes et me demandait si dans mon pays tout le monde était aussi peureux que moi. Voilà pourquoi. En été, le royaume est infesté de mouches et ces affreuses bestioles, chacune grosse comme une alouette de Dunstable, ne me laissaient pas le moindre répit tandis que je dînais, car elles ne cessaient de bourdonner à mes oreilles. Elles se posaient même sur mes aliments et y déposaient leurs chiures ou leurs œufs répugnants que je distinguais parfaitement bien, contrairement aux habitants de ce pays dont la vision n'est pas aussi précise que la mienne. Elles s'installaient sur mon nez ou sur mon front où elles me piquaient cruellement en répandant une odeur nauséabonde et je repérais aisément l'humeur visqueuse grâce à laquelle, d'après nos naturalistes, elles parviennent à marcher au plafond. J'avais fort à faire pour me défendre contre ces épouvantables animaux et ne pouvais m'empêcher de sursauter lorsqu'elles venaient sur mon visage. Le nain avait pris pour habitude d'en attraper un certain nombre dans sa main, comme font les écoliers chez nous, et de les lâcher brusquement sous mon nez, pour me faire peur et amuser la Reine. J'avais pour recours de les découper en morceaux avec mon couteau alors qu'elles étaient en plein vol et ma dextérité m'attirait d'ailleurs des compliments.

Je me souviens d'un matin où Glumdalclitch m'avait installé près d'une fenêtre, dans ma boîte. Je m'étais assis pour manger un morceau de gâteau ; plus de vingt guêpes, attirées par l'odeur, pénétrèrent dans la chambre, bourdonnant plus fort que les tuyaux d'autant de cornemuses. Quelques-unes s'emparèrent de mon gâteau, d'autres se mirent à voleter autour de ma tête, me brouillant l'esprit à force de bruit. Leurs dards pointus comme des aiguilles me terrifiaient. J'eus cependant le courage de dégainer mon épée et de les attaquer. J'en exécutai quatre, les autres s'enfuirent et je refermai la fenêtre.

4

Une description du pays. Une proposition
pour corriger les cartes contemporaines.
Le palais du Roi et quelques aspects de la
capitale. La façon dont l'auteur voyage.
La description du temple principal.

Je voudrais maintenant donner au lecteur une
brève description de ce pays, pour autant que je
l'ai parcouru, car, pris par le service de la Reine,
je n'ai pas dépassé une distance de deux mille
miles autour de Lorbrulgrud, la capitale. Les territoires de ce prince s'étendaient sur six mille

miles en longueur et entre trois et cinq mille en largeur. Ce qui me permet de conclure que nos géographes européens commettent une grossière erreur en supposant qu'il n'y a rien que la mer entre le Japon et la Californie.

Le royaume est une péninsule, terminée au nord-est par une crête montagneuse de trente miles de haut, totalement infranchissable en raison des volcans qu'on trouve au sommet. Ainsi, les plus grands savants ignorent quelle sorte de mortels vivent au-delà des montagnes, si même elles sont habitées. Sur les trois autres côtés, il est bordé par l'océan. Il n'y a pas un seul port maritime dans tout le royaume et la partie des côtes où se jettent les fleuves est si hérissée de rochers pointus et la mer généralement tellement démontée qu'il est impossible de s'y aventurer, même avec le plus petit de leurs bateaux. Si bien que ces gens sont privés de toute relation avec le reste du monde. Mais de nombreux bateaux naviguent sur les grands fleuves qui abondent en excellent poisson. Ils en pêchent rarement en mer parce qu'ils ont la même taille que ceux qu'on trouve en Europe et donc, cela ne vaut pas la peine de les attraper. Il est ainsi évident que la nature limite exclusivement à ce continent sa production de plantes et d'animaux d'une taille aussi gigantesque. Je laisse aux savants le soin d'en déterminer les raisons. Cependant, de temps à autre, ils prennent une baleine qui s'est jetée sur les récifs et les gens du commun s'en nourrissent avec plaisir.

Le pays est très peuplé, puisqu'on compte cinquante et une villes, près d'une centaine de cités fortifiées et un grand nombre de villages. Lorbrulgrud, la capitale, se dresse de part et d'autre d'un fleuve. On y trouve plus de quatre-vingt mille maisons dans lesquelles vivent six cent mille âmes. Elle fait trois *glonglungs* de long (environ cinquante-quatre miles anglais) et deux et demi de large.

Le palais du Roi n'est pas un édifice massif mais un entassement de bâtiments sur une surface de sept miles. Les salles principales font généralement deux cent quarante pieds de haut, largeur et longueur en proportion.

Glumdalclitch et moi, nous disposions d'une voiture. La gouvernante l'emmenait régulièrement en ville visiter les magasins. J'étais toujours de la partie, installé dans ma boîte. Souvent, sur ma demande, Glumdalclitch me sortait et me posait sur sa main afin que je puisse plus commodément voir les maisons et les gens devant lesquels nous passions. Un jour, la gouvernante ordonna à notre cocher de s'arrêter dans plusieurs boutiques et les mendiants, saisissant l'occasion, se rassemblèrent de chaque côté de la voiture et j'eus alors la vision la plus effrayante qu'il ait jamais été donné de voir à un œil européen. Il y avait une femme avec un cancer au sein, enflé dans des proportions monstrueuses, criblé de cratères – j'aurais pu aisément tenir entier dans deux ou trois d'entre eux. Il y avait un homme avec une loupe dans le cou, plus grosse que cinq ballots de laine, un autre avec deux jambes de bois qui faisait chacune vingt pieds de haut. Mais ce qu'il y avait de plus répugnant, c'était la vermine qui grouillait sur leurs vêtements. À l'œil nu, je distinguais nettement leurs membres, bien mieux que ceux des poux européens au microscope, et leurs groins avec lesquels ils fouillaient comme des porcs. C'étaient les premiers qu'il m'était donné de voir et j'en aurais volontiers disséqué un.

En plus de la grande boîte dans laquelle on me transportait généralement, la Reine ordonna qu'on en fabrique une plus petite, de douze pieds carrés et dix de haut, pour faciliter les voyages car l'autre ne tenait pas sur les genoux de Glumdalclitch et encombrait la voiture. Ce caisson de voyage était un carré parfait percé de trois fenêtres, chacune protégée par un grillage métallique extérieur, pour prévenir les accidents. Sur le quatrième côté, qui était aveugle, on avait fixé deux solides agrafes dans lesquelles la personne qui me transportait passait une ceinture en cuir qu'elle bouclait autour de sa taille. Lorsque j'en avais assez de la voiture, un domestique à cheval se chargeait de ma boîte et la posait sur un coussin devant lui. Ainsi, par mes trois fenêtres, j'avais une vue panoramique de la campagne. Dans ce caisson, je disposais d'un lit de camp, d'un hamac pendu au plafond, de deux chaises et d'une table bien vissées au sol pour éviter qu'elles ne basculent dans les cahots. Comme j'étais un vieil habitué des voyages en mer, ces mouvements, qui pouvaient être parfois assez violents, ne me dérangeaient guère.

Quand l'envie me prenait de voir la ville, Glumdalclitch m'y emmenait dans une chaise découverte portée par quatre hommes, à la mode du pays, et escortée par deux autres, vêtus de la livrée de la Reine. La population, qui avait souvent entendu parler de moi, poussée par la curiosité, se massait autour de la chaise ; la petite fille avait la bonté de faire arrêter les porteurs et elle me prenait dans sa main afin qu'on pût m'observer commodément.

J'avais très envie de voir le grand temple et surtout la tour construite à côté, qu'on considère comme la plus élevée du royaume. Donc, un jour, ma petite nourrice m'y porta mais j'en revins déçu ; la tour ne fait pas plus de trois mille pieds si l'on compte du sol jusqu'au plus haut point. Ce qui, étant donné nos différences de tailles, ne pousse guère à l'admiration, puisque ce n'est même pas proportionnellement égal au clocher de Salisbury. Mais, pour ne pas rabaisser une nation de laquelle je me sentirai toute ma vie l'obligé, il faut reconnaître que la hauteur qui manque à cette célèbre tour est compensée par sa beauté et sa solidité. Car les murs ont près de cent pieds d'épaisseur, bâtis en pierre de taille dont chaque bloc mesure quarante pieds carrés. Il y a partout des niches dans lesquelles on trouve des statues de dieux et d'empereurs, plus grandes que nature, taillées dans le marbre. Je mesurai un petit doigt tombé d'une de ces statues et caché au milieu de quelques détritus ; je m'aperçus qu'il faisait exactement quatre pieds un pouce de longueur. Glumdalclitch l'enveloppa dans un mouchoir et le rapporta dans sa poche où elle le conserva avec d'autres babioles comme aiment le faire les enfants de son âge.

La cuisine du Roi est un bien beau bâtiment, au toit en voûte, haut de six cents pieds. Le grand four est moins large que la coupole de St. Paul de dix pas. Je le sais car j'ai pris exprès les mesures de ces dernières à mon retour. Mais si je devais décrire l'âtre, les marmites et les bouilloires gigantesques, les quartiers de viande qui tournaient sur les broches et bien d'autres détails encore, on aurait sans doute du mal à me croire ; du moins, des critiques sévères seraient prêts à penser que j'exagère, comme on soupçonne souvent les voyageurs de le faire. Pour éviter d'être ainsi censuré, je crains d'avoir trop tordu le bâton dans l'autre sens ; si ce traité devait être traduit dans la langue de Brobdingnag (qui est le nom de ce royaume), le Roi et ses sujets auraient des raisons de se plaindre en considérant que je leur ai fait injure en donnant d'eux une idée fausse et restrictive.

Sa Majesté conserve rarement plus de six cents chevaux dans ses écuries. Ils mesurent généralement entre cinquante-quatre et soixante pieds de haut. Quand il va à l'étranger les jours de festivités, il est escorté par une garde militaire de cinq cents chevaux qui, pour moi, représentait le plus beau spectacle du monde jusqu'à ce que je vis une partie de son armée en ordre de bataille, ce dont j'aurai l'occasion de parler.

5

Plusieurs aventures arrivent à l'auteur.
L'exécution d'un criminel.
L'auteur montre ses talents de navigateur.

J'aurais pu vivre heureux dans ce pays si ma petite taille ne m'avait exposé à plusieurs accidents aussi pénibles que ridicules.

Glumdalclitch me promenait souvent dans les jardins de la Cour, installé dans la plus petite de mes boîtes ; elle me sortait parfois sur la paume de sa main ou me posait par terre afin de me laisser marcher. Avant que le nain ne quitte la

Reine, je me souviens qu'il nous suivit un jour dans ces jardins. Ma petite nourrice m'ayant posé à terre, alors que nous étions tous deux non loin de quelques pommiers nains, je ne pus me retenir de faire un trait d'esprit à propos des arbres et de lui-même, trait d'esprit qui se trouvât fonctionner dans leur langue comme dans la nôtre. Et le méchant drôle, quand je passai sous un de ces arbres, profita de l'occasion pour secouer au-dessus de ma tête ; une douzaine de pommes, presque aussi grosses qu'une barrique de Bristol, en dégringolèrent. L'une d'elles m'atteignit dans le dos et je me retrouvai aplati au sol. Je ne fus pas autrement blessé et je souhaitai qu'on pardonnât au nain, puisque c'était moi qui l'avais provoqué.

Un autre jour, Glumdalclitch me laissa sur une pelouse afin que je m'ébatte. À ce moment-là, s'abattit une brutale averse de grêle qui me cloua à terre. Les grêlons crépitaient cruellement sur tout mon corps, comme si on me criblait de balles de tennis au point qu'il me fut impossible de me déplacer pendant dix jours d'affilée.

Mais un accident plus grave m'arriva dans ce même jardin. Pendant l'absence de ma petite nourrice, l'épagneul blanc d'un des chefs jardiniers vint se promener près de l'endroit où je me trouvais. Suivant la piste, il se dirigea droit sur moi et me saisissant dans sa gueule, courut jusqu'à son maître en remuant la queue. Par chance, il était si bien dressé que ses crocs ne me blessèrent en aucune façon et ne déchirèrent même pas mes vêtements. Mais le pauvre jardinier, qui m'aimait bien, fut affolé. Il me ramassa délicatement dans ses deux mains et me ramena sain et sauf à ma petite nourrice qui était dans les affres de ne pas me voir apparaître en réponse à ses cris.

Cette aventure détermina Glumdalclitch à ne plus jamais me perdre de vue. Je craignais cette décision depuis déjà longtemps et donc lui avais caché quelques mésaventures désagréables. Un jour, un milan qui planait au-dessus du jardin avait fondu sur moi et si je n'avais pas résolument dégainé mon arme en courant sous un espalier touffu, il m'aurait certainement emporté dans ses serres. Une autre fois, en marchant sur une taupinière toute fraîche, j'étais tombé tête la première dans le trou creusé par l'animal et j'avais dû inventer je ne sais quel mensonge pour expliquer que mon habit fût ainsi taché. De même, je m'étais cassé la jambe en trébuchant contre une coquille d'escargot tandis que je déambulais seul en songeant à la malheureuse Angleterre.

Je ne saurais dire si j'étais plus satisfait que mortifié de voir que, au cours de ces promenades solitaires, les plus petits oiseaux ne paraissaient pas du tout avoir peur de moi ; ils sautillaient à la recherche de vers et autre nourriture avec autant d'indifférence et de sérénité que s'il n'y avait eu personne à côté d'eux. Je me souviens, une grive eut une fois l'audace de m'arracher de la main un morceau de gâteau que Glumdalclitch venait de me donner pour mon petit déjeuner. Un autre jour, je pris un gros gourdin et le lançai de toutes mes forces contre une linotte que j'assommai ; je l'attrapai par le cou à deux mains pour la rapporter triomphalement à ma nourrice. L'oiseau, que j'avais seulement estourbi, reprit ses esprits et me bourra de coups d'aile bien que je le tins à bout de bras pour éviter d'être griffé ; à vingt reprises, je fus prêt à le lâcher. Mais un de nos domestiques vola à mon secours ; il tordit le cou de l'oiseau et le lendemain, sur ordre de la Reine, je le mangeai pour mon dîner. Cette linotte, si je m'en souviens bien, était un peu plus grosse qu'un cygne anglais.

Les dames d'honneur invitaient souvent Glumdalclitch dans leurs appartements et désiraient que je l'accompagne pour avoir le plaisir de me voir et de me toucher. Elles me déshabillaient complètement et m'allongeaient dans leur giron ; ce qui me répugnait fort. Parce que, pour dire la vérité, leur peau exhalait une odeur assez infecte. Je ne dis pas cela pour médire de ces excellentes dames à qui je voue le plus grand respect. Mais j'imagine que mes sens étaient plus aiguisés, proportionnellement à ma taille, et ces illustres personnes n'incommodaient pas plus leurs amants, ou leurs compagnes, que des gens de même qualité en Angleterre. Et, après tout, je trouvais leur odeur naturelle beaucoup plus supportable que les parfums qu'elles utilisaient, qui me faisaient défaillir d'emblée. Je n'oublie pas qu'un de mes amis intimes, à Lilliput, avait pris la liberté de se plaindre de l'odeur forte que j'exhalais par une journée chaude, alors que j'avais fait beaucoup d'exercice. Plus on est petit, plus on a l'odorat développé.

Lorsque ma nourrice m'emmenait rendre visite à ces demoiselles d'honneur, je supportais mal de les voir jouer ainsi avec moi sans précaution, comme si j'étais quantité négligeable. Elles se dévêtaient entièrement ou passaient leurs sous-vêtements en ma présence. Leur corps dénudé, loin d'être un spectacle appétissant, ne soulevait chez moi d'autres émotions que l'horreur et le dégoût. Vue de près, leur peau était épaisse et irrégulière avec parfois un grain de beauté gros comme une assiette et planté de poils rugueux comme de la ficelle. Pour ne rien dire du reste de leurs personnes. De même, elles se soulageaient sans aucun scrupule, lâchant jusqu'à deux tonneaux dans un récipient qui pouvait contenir plus de sept cent cinquante gallons. La plus séduisante de ces demoiselles d'honneur, une charmante fille délurée de seize ans, me posait parfois à califourchon sur un de ses tétons. Cela me déplaisait si fort que je demandais à Glumdalclitch d'inventer quelque excuse pour ne plus revoir cette jeune dame.

Un jour, un jeune homme, le neveu de la gouvernante de ma petite nourrice, vint les inviter à assister à une exécution. C'était celle d'un homme qui avait assassiné un des amis intimes de ce gentilhomme. Glumdalclitch se laissa convaincre à contrecœur car elle avait le cœur tendre. Quant à moi, même si je détestais ce genre de spectacle, j'étais poussé par la curiosité. Le malfaiteur était attaché sur un siège posé sur un échafaud dressé pour la circonstance et on lui coupa la tête avec une épée qui devait mesurer quarante pieds de long. Des veines et des artères jaillit une telle quantité de sang que le grand jet d'eau de Versailles n'aurait pas pu s'aligner. Roulant sur le sol de l'échafaud, la tête fit tant de bruit que j'en sursautai, alors même que j'étais à un demi-mile de distance.

La Reine, qui saisissait toutes les occasions de me distraire, me demanda si je savais naviguer à la voile et à la rame. Je répondis que je connaissais les deux fort bien. Sa Majesté me proposa alors de concevoir un bateau, son menuisier le fabriquerait et elle me fournirait un endroit où naviguer. L'homme, un habile artisan, suivant mes instructions, acheva en dix jours un bateau de plaisance tout équipé, capable d'embarquer huit Européens. Puis la Reine ordonna au menuisier de construire un abreuvoir de trois cents pieds de long, cinquante de large et huit de fond ; après l'avoir goudronné pour l'empêcher de fuir, on le plaça le long d'un mur extérieur du palais. Il y avait une bonde au fond pour laisser partir l'eau quand elle commençait à croupir et une demi-heure suffisait à deux domestiques pour le remplir. Je venais souvent ramer là pour me distraire, accompagné par la Reine et ses dames qui appréciaient fort mon adresse et mes talents. Parfois, je hissais la voile et je n'avais alors qu'à gouverner, tandis que ces dames me faisaient du vent avec leurs éventails. Quand elles étaient lasses, quelques pages venaient souffler, tandis que je démontrais mon aisance en virant à bâbord et à tribord. Quand j'avais terminé, Glumdalclitch rangeait mon bateau dans son cabinet en l'accrochant à un clou pour qu'il sèche.

Un accident faillit me coûter la vie. Un des pages ayant mis mon bateau à l'eau dans l'abreuvoir, la gouvernante de Glumdalclitch me souleva pour me déposer dedans mais je lui glissai des doigts. J'aurais fait infailliblement une chute de quarante pieds si par la plus grande chance du monde, je n'avais été arrêté par une épingle piquée dans le corsage de cette brave dame. La tête de l'épingle s'accrocha entre ma chemise et la ceinture de ma culotte et je me retrouvai ainsi suspendu dans l'air jusqu'à ce que Glumdalclitch courût à mon secours.

Une autre fois, un des domestiques qui avait pour tâche de remplir mon abreuvoir d'eau fraîche tous les trois jours, par négligence, laissa glisser de son seau (sans le voir) un énorme crapaud. Celui-ci resta caché jusqu'à ce que je monte dans mon bateau. Voyant alors un bon endroit pour se poser, il grimpa dedans et le fit tant giter que je fus contraint de rétablir l'équilibre en pesant de tout mon poids de l'autre côté pour éviter qu'il ne chavire. Le crapaud se mit à sauter jusque sur ma tête, barbouillant mon visage et mes vêtements de son infecte bave. Il était aussi difforme que gros. Cependant, je tins à ce que Glumdalclitch me laissât me débrouiller seul. Je lui assénai un bon coup de rame et réussis à l'obliger à sauter du bateau.

Mais le plus grand danger que je courus dans ce royaume, ce fut à cause d'un singe qui appartenait à un des commis de cuisine. Tandis que j'étais tranquillement assis dans ma boîte en train de réfléchir, j'entendis un animal entrer d'un bond par la fenêtre de la chambre et se mettre à sauter de-ci de-là. Affolé, je jetai un œil à l'extérieur sans bouger de mon siège. Et je vis alors ce pétulant animal folâtrer gaiement jusqu'à ce qu'il tombât sur ma boîte, qu'il examina avec beaucoup de plaisir et de curiosité, jetant un œil par toutes les ouvertures. Je me cachai dans l'angle le plus éloigné de la pièce, c'est-à-dire de la boîte, mais la peur m'empêcha de raisonner clairement car j'aurais facilement pu me dissimuler sous le lit. Après un moment passé à épier, il finit par me repérer et, glissant une de ses pattes par la porte, comme fait un chat qui joue avec une souris, il saisit le revers de mon habit et me tira à l'extérieur. Il me prit dans sa patte antérieure droite, me tenant comme une nourrice tient le bébé qu'elle s'apprête à nourrir ; en Europe, j'avais déjà vu ces animaux agir de même avec un chaton. Et quand je fis mine de me débattre, il me serra si fort que j'estimai plus prudent de céder. J'ai de bonnes raisons de croire qu'il me prenait pour un jeune de sa propre espèce, car il me caressait gentiment le visage de son autre patte. Il fut interrompu dans cette activité par un bruit à la porte du cabinet. Il sauta d'un bond jusqu'à la fenêtre par où il était entré et de là, passant des tuyaux aux gouttières, marchant sur trois pattes car il me tenait dans la quatrième, il grimpa sur un toit voisin du nôtre. J'entendis Glumdalclitch pousser un cri au moment où il m'emportait. La pauvre petite était hors d'elle-même. Ce fut un grand remue-ménage dans cette partie du palais. Les domestiques couraient à la recherche d'échelles, des centaines de gens à la

Cour observaient le singe perché sur le rebord du bâtiment. Il me tenait comme un bébé dans une de ses pattes et me nourrissait de l'autre, me fourrant dans la bouche ce qu'il pêchait dans une de ses joues, me tapotant parce que je ne voulais pas manger. La foule massée en bas ne put se retenir de rire. Je ne pense pas qu'on puisse vraiment le lui reprocher, car sans aucun doute, le spectacle devait être comique, excepté pour moi. Certains se mirent à jeter des pierres, dans l'espoir de faire tomber le singe. Mais ce fut strictement interdit, sinon je me serais sans doute retrouvé la cervelle en compote.

Plusieurs hommes commençaient à escalader les échelles. Le singe, se voyant presque encerclé, freiné parce qu'il n'avait que trois pattes, me laissa tomber sur le bord d'une tuile et s'enfuit. Je demeurai coincé là, à trois cents yards du sol, m'attendant à chaque instant à être emporté par le vent ou à perdre l'équilibre, en proie au vertige, et dévaler interminablement jusqu'à la gouttière. Mais un brave homme, un des valets de ma petite nourrice, vint me mettre dans la poche de sa culotte et me redescendit sain et sauf.

Les saletés que le singe m'avait poussées au fond de la gorge m'avaient presque étouffé. Ma chère petite nourrice m'en débarrassa avec une aiguille ; ensuite, j'allai vomir, ce qui me soulagea. Cependant, j'étais si faible et j'avais le corps tellement endolori par les pincements de l'horrible animal que je dus rester alité deux semaines. Le Roi, la Reine et toute la Cour s'enquéraient chaque jour de ma santé et la Reine me rendit visite plusieurs fois. On tua le singe et il fut désormais interdit de posséder un tel animal dans les alentours du palais.

Lorsque, ma convalescence achevée, je vins voir le Roi pour le remercier de ses bontés, il prit plaisir à se gausser de ma mésaventure. Il me demanda à quoi je pensais quand je me trouvais entre les pattes du singe, si j'appréciais les aliments qu'il m'offrait et sa façon de me nourrir, si l'air frais du toit avait aiguisé mon appétit. Il voulut savoir ce que j'aurais fait en pareille occasion dans mon propre pays. Je lui répondis qu'en Europe, nous n'avions pas de singes, sauf ceux que l'on faisait venir de loin à titre de curiosité. Mais ils étaient si petits que je pouvais en affronter douze d'un coup, s'il leur venait l'idée de m'attaquer. Quant au monstrueux animal avec qui j'avais eu maille à partir (il était effectivement gros comme un éléphant), si, en dépit de ma peur, j'avais eu l'idée de faire usage de mon poignard (je pris une mine féroce, la main posée dessus) lorsqu'il avait glissé sa patte dans ma chambre, je lui aurais sans doute infligé une blessure suffisante pour qu'il se retire plus vite qu'il n'était entré. J'affirmai cela d'un ton ferme, comme quelqu'un qui ne saurait supporter qu'on mît son courage en question. Cependant, mon discours provoqua un grand rire irrépressible dans l'entourage de Sa Majesté, en dépit du respect qu'ils lui devaient. Je me pris à penser qu'il est vain de s'escrimer pour se faire admirer par ceux avec qui l'on ne se peut comparer. Et cependant, depuis mon retour en Angleterre, j'eus souvent l'occasion de voir un comportement identique au mien : un petit vaurien misérable, sans naissance, sans famille, sans esprit et sans intelligence n'hésite pas à se donner de l'importance en se mettant sur le même pied que les plus hauts dignitaires du royaume.

Tous les jours, j'offrais à la Cour un exemple de ridicule. Et Glumdalclitch, bien qu'elle m'aimât à la folie, était assez espiègle pour raconter les bêtises susceptibles de distraire Sa Majesté. Sa gouvernante l'avait emmenée prendre l'air à trente miles de la ville, une promenade d'une heure. Elles arrêtèrent la voiture près d'un sentier et Glumdalclitch ayant posé à terre ma boîte de voyage, je sortis faire un tour. Il y avait une bouse de vache sur le chemin et je voulus sauter par-dessus. Je pris mon élan mais malheureusement, je sautai trop court et je m'enfonçai dedans jusqu'aux genoux. J'y pataugeai avec une certaine difficulté et un des valets m'essuya du mieux qu'il put avec son mouchoir. Comme j'étais souillé de bouse, ma petite nourrice me tint enfermé dans ma boîte jusqu'à notre retour. La Reine fut rapidement informée de ce qui s'était passé et les valets racontèrent l'anecdote partout, si bien que tout le monde à la Cour fut, pendant quelques jours, joyeux à mes dépens.

6

Quelques inventions de l'auteur
pour plaire au Roi et à la Reine.
Il montre ses dons musicaux. Le Roi
s'enquiert de la situation en Europe,
que l'auteur lui explique.
Les remarques du Roi qui s'ensuivent.

J'avais l'habitude d'assister au lever du Roi une ou deux fois par semaine et je l'avais souvent vu entre les mains du barbier, ce qui avait d'abord été un spectacle difficile à supporter. Le rasoir était presque deux fois plus long qu'un sabre ordinaire. Conformément aux coutumes du pays, Sa Majesté ne se rasait que deux fois par semaine. Je décidai un jour le barbier à me donner un peu de cette mousse dans laquelle je récupérai quarante ou cinquante poils parmi les plus résistants. Je pris ensuite un morceau de bois mince et j'en fis le dos d'un peigne, perçant dedans des trous équidistants avec l'aiguille la plus petite que je pus emprunter à Glumdalclitch. J'y enfonçai les poils avec beaucoup d'habileté, après les avoir taillés en pointe avec mon couteau. J'obtins ainsi un peigne tout à fait acceptable. Ce qui était bienvenu, car le mien avait tant de dents cassées qu'il était devenu presque inutilisable. Et nul artisan dans ce pays n'aurait été assez précis et adroit pour m'en fabriquer un autre.

Ceci m'amena à imaginer une distraction à laquelle je consacrai de nombreuses heures de loisir. Je demandai à la femme de chambre de la Reine de garder les cheveux qui s'accrochaient au peigne de Sa Majesté et au bout d'un certain temps, j'en eus une bonne quantité. Je vins consulter mon ami l'ébéniste, à qui l'on avait ordonné d'exécuter pour moi de menus travaux. Je lui demandai de bien vouloir fabriquer l'armature de deux fauteuils, pas plus grands que ceux que j'avais dans ma boîte, et de percer des petits trous avec une alêne autour du dossier et du siège. À travers ces trous, je fis passer les cheveux de la Reine, comme on fait les chaises cannées en Angleterre. Je les offris ensuite à Sa Majesté qui les mit dans son cabinet pour les montrer à titre de curiosités. De fait, tous ceux qui les voyaient en étaient émerveillés. La Reine aurait voulu que je m'asseye dessus mais je refusai absolument de lui obéir, protestant que je préférerais mourir mille fois que de poser une partie indigne de ma personne sur ces précieux cheveux qui avaient orné la tête de Sa Majesté. Avec ces cheveux (comme j'ai toujours été adroit de mes mains), je fabriquai également une jolie petite bourse de cinq pieds de long, avec le nom de Sa Majesté écrit en lettres d'or, que j'offris à Glumdalclitch, avec l'accord de la Reine. Pour être franc, c'était plus beau qu'utile car ce n'était pas assez résistant pour supporter le poids des grosses pièces ; ainsi, elle ne mettait rien dedans si ce n'est ces petits jouets dont les fillettes raffolent.

Le Roi, qui adorait la musique, organisait souvent des concerts à la Cour ; on m'y emmenait parfois et j'y assistais dans ma boîte posée sur une table. Mais le bruit était si assourdissant que j'avais du mal à distinguer les airs. J'avais pris l'habitude de faire placer ma boîte le plus loin possible de l'endroit où jouaient les musiciens, de fermer portes et fenêtres et de tirer les doubles rideaux ; moyennant quoi, je trouvais leur musique pas trop désagréable.

Dans ma jeunesse, j'avais appris à jouer de l'épinette. Glumdalclitch en avait une dans sa chambre et un professeur venait lui donner des leçons deux fois par semaine. J'appelle cet objet une épinette parce quil ressemblait à cet instrument et qu'on en jouait de la même façon. Il me vint la fantaisie d'amuser le Roi et la Reine en jouant dessus un air anglais. Mais cela présentait de nombreuses difficultés. L'épinette mesurait près de soixante pieds de long et chaque touche faisait un pied de large si bien que, les bras tendus, je ne couvrais pas plus de cinq touches et pour les enfoncer, il fallait que je ne donne un bon coup de poignet. Ce qui se serait révélé harassant pour peu de résultats. Voici donc la méthode que j'inventai. Je fabriquai deux baguettes de la taille d'un gourdin ordinaire. Elles étaient plus épaisses à une extrémité qu'à l'autre et je recouvris le gros côté d'un morceau de peau de souris. Ainsi, non seulement je n'abîmerai pas les touches mais en plus, j'obtiendrai un son continu. On plaça devant l'épinette, plus bas que le clavier, un banc à quatre pieds. Je courais d'un bout à l'autre, le plus vite possible, et je frappais les bonnes touches avec mes baguettes. Je réussis ainsi à jouer une gigue, pour le plus grand plaisir de Leurs Majestés. Je ne m'étais jamais donné tant de mouvement et pourtant, je ne pouvais atteindre que seize touches ; par conséquent, il m'était impossible de jouer grave et aigu en même temps. Ce qui nuit considérablement à mon numéro.

Le Roi était un prince d'une intelligence pénétrante. Nous eûmes plusieurs conversations. Un jour, je pris la liberté de lui dire que le mépris qu'il manifestait à l'égard de l'Europe et du reste du monde ne faisait pas justice à ses grandes qualités intellectuelles. Ce n'est pas parce qu'on est un géant qu'on raisonne mieux. Au contraire, nous avons observé dans notre pays que plus un individu est grand, moins bien il est servi en intelligence. Parmi les animaux, les abeilles et les fourmis ont la réputation d'être plus industrieuses, plus habiles et plus perspicaces que bien des espèces plus grosses. Quant à moi, aussi insignifiant que je fusse, j'espérais bien vivre assez longtemps pour rendre un jour à Sa Majesté un service important. Le Roi m'écouta avec attention et commença à avoir de moi une bien meilleure opinion. Il voulut entendre un récit circonstancié des us et coutumes politiques en Angleterre. Parce que, même si, comme tous les princes, il appréciait ses propres mœurs, il se montrait curieux de découvrir quelque chose digne d'être imité.

Je commençai mon discours en informant Sa Majesté que notre territoire était formé de deux îles organisées en trois puissants royaumes sous l'autorité d'un seul souverain, nos colonies en Amérique mises à part. Je m'étendis longuement sur la fertilité de notre terre et la clémence de notre climat. Je décrivis ensuite à loisir la constitution du Parlement anglais, composé en partie d'un corps illustre appelé la Chambre des Pairs, personnages de la haute société possesseurs des plus anciens et des plus riches patrimoines. Je racontai avec quel soin extraordinaire on leur apprenait les armes et les arts pour qu'ils fussent en mesure d'assumer leur rôle de conseillers-nés auprès du Roi et du royaume ; de partager le pouvoir législatif ; d'être membres de la Cour supérieure de justice, celle qui juge sans appel ; d'être les champions indéfectibles de leur prince et de leur pays par leur courage, leur dignité et leur loyauté. Fleurons et remparts du royaume, dignes successeurs de célèbres aïeux qui s'étaient élevés par la force de leur vertu, cette descendance est connue pour n'avoir jamais dérogé. À cette assemblée s'ajoute un groupe de pieux personnages, les évêques. Ils ont pour tâche de s'occuper de la religion et de ceux qui instruisent le peuple. Le prince et ses plus sages conseillers les sélectionnent dans toute la nation parmi les ministres du culte qui se distinguent par la sainteté de leur existence et la profondeur de leur érudition ; ce sont eux, de fait, les pères spirituels du peuple et du clergé.

L'autre partie du Parlement est composée d'une assemblée appelée la Chambre des Communes dans laquelle on trouve des notables qui représentent la sagesse de la nation, choisis librement par la population, en vertu de leurs compétences et de l'amour qu'ils portent à leur pays. Ces deux corps forment l'assemblée la plus auguste d'Europe dont dépend, conjointement avec le monarque, le pouvoir législatif.

Je passai ensuite aux cours de justice présidées par les juges, ces sages vénérables interprètes de la loi. On y règle les différends sur les droits et les propriétés des hommes tout autant qu'on y punit le vice et protège l'innocence. Je fis allusion à la gestion prudente de notre trésor public. Au courage et à l'intrépidité de nos forces militaires, sur terre et sur mer. J'évaluai la population en estimant combien de membres comptait chaque secte religieuse ou chaque parti politique. Je ne passai pas sous silence nos activités sportives ni nos loisirs ni aucun détail susceptible de rejaillir sur l'honneur de mon pays. Et j'en terminai par un bref aperçu historique des affaires et des événements qui avaient eu lieu en Angleterre ces cent dernières années.

Cette conversation ne dura pas moins de cinq audiences, chacune de plusieurs heures et le Roi écouta avec la plus grande attention, prenant fréquemment des notes et faisant la liste des nombreuses questions qu'il souhaitait me poser.

Mon long discours achevé, Sa Majesté, lors d'une sixième audience, avança de nombreux doutes, questions et objections. Elle demanda quelles méthodes on utilisait pour cultiver l'esprit et le corps des jeunes gens de la noblesse et dans quelles institutions ils passaient la première partie de leur vie. Par quel moyen renouvelait-on l'assemblée des Pairs lorsqu'une famille noble venait à s'éteindre ? Quelles qualités attendait-on de ceux qu'on créait nouveaux lords ? La raison de ces promotions était-elle une lubie du prince, un pot-de-vin donné à une dame de la Cour ou à un Premier ministre, le dessein de renforcer un parti d'opposition ? Quelles connaissances ces lords avaient-ils des lois de leur pays et étaient-ils vraiment capables de décider du sort de leurs compatriotes ? Étaient-ils toujours tellement protégés de la cupidité, de l'injustice et du désir qu'ils ne pouvaient être tentés par la corruption ou quelque sinistre projet ? Quant aux dignes prélats, étaient-ils toujours promus à ce rang eu égard à leur connaissance des sujets religieux et à la sainteté de leurs vies ? À l'époque où ils étaient des prêtres ordinaires, ne s'étaient-ils jamais montrés complaisants, n'avaient-ils jamais bassement servi quelque noble dont ils continueraient à défendre les intérêts une fois admis au sein de cette assemblée ?

Il voulut également savoir dans quelles conditions on élisait ceux que j'appelais les membres de la Chambre des Communes. Un inconnu au portefeuille bien garni ne pouvait-il pas acheter le vote des électeurs moyens pour qu'ils le préfèrent à leur propre seigneur ou au gentilhomme le plus important de la région ? Pourquoi donc cette assemblée était-elle un tel objet de convoitise alors que, d'après ce que j'avais expliqué, on n'y récoltait qu'ennuis et dépenses, parfois jusqu'à ruiner sa famille, sans toucher ni salaire ni pension ? Un sens civique aussi poussé amenait Sa Majesté à douter de la sincérité de leurs sentiments. Il se demandait si des gentilshommes aussi zélés ne compensaient pas tant de soucis et d'obligations en sacrifiant les intérêts publics à ceux d'un prince faible et dépravé allié à un ministre corrompu. Il multiplia les questions, opposant d'innombrables objections et remarques que je considère qu'il n'est ni prudent ni raisonnable de répéter ici.

À propos des cours de justice, Sa Majesté réclama quelques précisions supplémentaires. Il voulut savoir le temps que l'on passait à démêler qui avait tort et qui avait raison et combien cela coûtait. Si les avocats et les orateurs avaient la liberté de plaider des causes manifestement injustes, sources de tracasseries et de violences. Si un parti, religieux ou politique, pesait dans la balance de la justice. Si ces plaideurs avaient une vision vaste du droit ou seulement limitée aux coutumes locales, provinciales ou nationales. Si eux-mêmes ou les juges jouaient un rôle dans la rédaction des lois alors qu'ils prenaient la liberté de les interpréter et de les farder à leur guise. Si, à des périodes différentes, il leur arrivait de plaider pour et contre la même cause en citant des précédents pour faire la preuve d'avis contraires. S'ils appartenaient à une corporation riche ou pauvre. S'ils recevaient une compensation financière pour leurs plaidoiries ou l'exposé de leurs opinions. Et surtout s'ils pouvaient être admis à la Chambre basse.

Il s'acharna ensuite sur la gestion de notre trésor public. Il remarqua que j'avais dû avoir une défaillance de mémoire puisque j'avais estimé nos impôts à cinq ou six millions par an alors que, au vu des dépenses, il fallait compter le double. Les notes qu'il avait prises à ce sujet étaient très précises parce qu'il espérait utiliser notre savoir-faire et donc, il n'avait pas pu se tromper dans ses calculs. Mais si ce que je lui disais était vrai, il ne comprenait toujours pas comment un royaume pouvait ainsi se trouver en déficit, à l'instar d'une personne privée. Qui étaient nos créditeurs ? Où trouvions-nous l'argent pour les payer ? Il s'étonnait de m'entendre parler de guerres aussi onéreuses qu'interminables. Nous devions être un peuple des plus belliqueux, ou vivre entouré de voisins épouvantables et nos généraux devaient être plus riches que nos rois. Il voulut savoir ce que nous allions faire loin de nos îles. S'agissait-il de commerce et de diplomatie, ou bien de défendre les côtes avec notre flotte ? Surtout, il était très surpris de m'entendre parler d'une armée mercenaire alors que nous étions un peuple libre et pacifique. Si nous étions dirigés par des députés que nous avions choisis, de quoi avions-nous peur et contre qui voulions-nous nous battre ? Un homme, aidé de ses enfants et de sa famille, ne défend-il pas mieux sa maison qu'une demi-douzaine de coquins pris au hasard dans les rues qui peuvent gagner dix fois plus en coupant la gorge de ceux qui les emploient ?

Il fit observer que, parmi les distractions de la noblesse, j'avais mentionné le jeu. À quel âge pratiquait-on généralement cet amusement et quand y renonçait-on ? Quel temps cela prenait-il et risquait-on d'y laisser sa fortune ? Des individus dépravés ne pouvaient-ils, par leur habileté, parvenir à s'enrichir démesurément en tenant sous leur coupe des membres de la noblesse, et les habituer à de viles compagnies ? Pervertir leur esprit et, à force de pertes, les contraindre à pratiquer cette infâme dextérité sur d'autres ?

Il fut absolument ébahi du compte rendu que je lui fis de l'histoire du siècle précédent, arguant que ce n'était qu'un monceau de conspirations, de rébellions, de crimes, de massacres, de révolutions, de bannissements, assorti des pires conséquences que pouvaient produire l'avarice, les factions, l'hypocrisie, la perfidie, la cruauté, la colère, la folie, la haine, l'envie, la concupiscence, la méchanceté et l'ambition.

Au cours d'une autre audience, Sa Majesté récapitula tout ce que je lui avais raconté, comparant ses questions à mes réponses. Puis, me prenant dans ses mains pour me caresser gentiment, il prononça ces mots que je n'oublierai jamais.

— Mon cher petit Grildrig, vous avez dressé le plus admirable panégyrique de votre pays. Vous avez démontré que l'ignorance, l'oisiveté et le vice sont les bons ingrédients pour former un législateur. Que les lois ne sont jamais mieux expliquées, interprétées et appliquées que par ceux dont l'intérêt et les compétences consistent à les détourner, à les nier et à les contourner. S'il subsiste quelques lois originellement positives, elles ont été à moitié effacées et ce qu'il en reste est entaché et brouillé par la corruption. De ce que vous avez dit, il apparaît qu'aucune position n'exige aucune vertu, que ce n'est pas un critère d'anoblissement, que piété et savoir ne sont pas requis des prêtres pour monter en grade, ni bravoure et courage des soldats, ni intégrité des juges, ni patriotisme des sénateurs ni sagesse des conseillers. Quant à vous (continua le Roi), qui avez passé presque toute votre vie à voyager, je suis tout prêt à croire que vous avez ainsi échappé à la plupart des vices de votre pays. Mais, de ce que j'ai compris de votre exposé, et des réponses que je vous ai à grand-peine extorquées, je ne peux conclure qu'une chose : la masse de vos compatriotes est la plus délétère race de petite vermine odieuse que la nature a jamais laissé ramper à la surface de la Terre.

7

L'amour de l'auteur pour son pays. Il fait une proposition très avantageuse au Roi, qui la refuse. La grande ignorance du Roi en matière politique. Le savoir restreint et rudimentaire de ce pays. Leurs lois, leurs règles militaires et les partis politiques.

Seul mon immense amour de la vérité m'a poussé à ne pas cacher cette partie de mon histoire. Il faut juger avec indulgence un Roi qui vit totalement à l'écart du monde et pour qui les mœurs et les coutumes en usage dans les autres nations sont étrangères. Cette ignorance produira toujours bien des préjugés ainsi qu'une certaine étroitesse d'esprit qui nous sont complètement épargnés, à nous ainsi qu'aux pays les plus policés d'Europe. Et il serait difficile d'accepter que les critères de vertus et de vices d'un prince aussi loin de tout fussent proposés comme modèles pour l'humanité entière.

Pour confirmer ce que je viens de dire et montrer les tristes conséquences d'une éducation limitée, je voudrais ici glisser un passage qui paraîtra difficilement croyable. Dans l'espoir de m'attirer davantage les faveurs de Sa Majesté, je lui parlai d'une invention datant de trois ou quatre cents ans : la fabrication d'une certaine poudre dont un tas s'embrase instantanément pour peu que la plus petite étincelle tombe dessus ; si c'est un tas plus haut qu'une montagne, tout explose avec plus de bruit que n'en fait le tonnerre. Une quantité adéquate de cette poudre tassée dans un tube de cuivre ou de fer propulse un boulet de fer ou de plomb avec une telle violence et une telle vitesse que rien ne peut résister. En tirant ainsi de gros boulets, non seulement on détruit une armée entière en un rien de temps mais on abat les murailles les plus solides, on coule des navires portant chacun mille hommes à bord. Je dis que je connaissais parfaitement les ingrédients de cette poudre, qui étaient bon marché et faciles à trouver. Je savais les assembler et pourrais expliquer à ses ouvriers comment fabriquer des tuyaux d'une taille proportionnelle aux biens de Sa Majesté, le plus grand n'ayant guère besoin de dépasser les cent pieds de long. Vingt ou trente de ces tubes bourrés de poudre et de boulets anéantiraient les remparts de la cité la plus rebelle en quelques heures, ou détruirait la capitale tout entière si elle résistait à son autorité absolue. J'offrais humblement mes connaissances à Sa Majesté en gage modeste des innombrables marques de bonté et de protection qu'elle avait bien voulu me prodiguer.

Le Roi fut saisi d'horreur en écoutant ma proposition et la description de ces terribles engins. Il était ébahi qu'un insecte aussi impuissant, condamné à ramper (ce furent ses mots), pût concevoir avec tant de désinvolture des idées aussi dénuées d'humanité sans être affecté par ces scènes de désolation sanglante que j'avais décrites comme les effets normaux de ces machines de destruction inventées, disait-il, par quelque génie diabolique, ennemi du genre humain. Même si les nouvelles découvertes dans les domaines de l'art et de la nature le passionnaient, il préférerait encore perdre la moitié de son royaume plutôt que d'être le complice d'un tel secret ; il exigeait de moi, si je tenais à la vie, de ne plus jamais y faire allusion.

Étrange conséquence de principes étriqués et de vues bornées ! Voilà un prince jouissant de toutes les qualités qui lui valent vénération, amour et estime, doué d'une vive intelligence, d'une grande sagesse et d'une culture profonde, sans compter un don admirable pour gouverner, presque adoré de ses sujets, et qui, à cause d'un scrupule inutile, qui lui fait honneur même s'il nous est complètement étranger, laisse échapper l'occasion de devenir le maître absolu de la vie, de la liberté et de la richesse de son peuple. Loin de moi l'idée de rabaisser la vertu de cet excellent Roi mais cette réaction me paraît issue directement de l'ignorance ; dans ce pays, ils n'ont pas encore ramené la politique à une science, comme l'ont fait les plus grands esprits en Europe.

Je me souviens très bien d'une conversation que nous eûmes un jour ; en lui apprenant qu'il existait des milliers d'ouvrages traitant de l'art de gouverner, je lui avais donné piètre opinion de notre intelligence (contrairement à mes intentions). Il affirmait haïr et mépriser mystère, subtilité et intrigue, que cela vînt d'un prince ou d'un ministre. Il ne comprenait pas ce que j'entendais par « secrets d'État », si aucun ennemi, aucune nation rivale n'étaient en cause. Il cantonnait sa pratique du gouvernement dans des limites étroites : le bon sens et la raison, la justice et la clémence, le jugement rapide des causes civiles et criminelles. Il n'hésitait pas à affirmer que quiconque parvenait à faire pousser deux épis de blé ou deux brins d'herbe là où auparavant il n'en poussait qu'un avait bien mérité de l'humanité et rendu un plus grand service à son pays que toute la race des politiciens réunis.

L'éducation de ce peuple est très insuffisante, limitée à la morale, l'histoire, la poésie et les mathématiques, où il faut avouer qu'ils excellent. Mais cette science n'a qu'un usage strictement pratique qui s'applique aux progrès de l'agriculture et de tous les arts mécaniques. Si bien que chez nous, on la tient en piètre estime. Quant aux idées, entités, abstractions et autres transcendances, je ne parvins jamais à en glisser la moindre conception dans leurs têtes.

Aucune loi de ce pays ne doit dépasser en nombre de mots le nombre de lettres de leur alphabet, qui en compte vingt-deux. Mais à vrai dire, peu d'entre elles atteignent cette longueur. Elles sont rédigées dans les termes les plus simples et les plus banals, empêchant ce peuple, dont l'esprit n'est pas très vif, d'y découvrir plus d'une interprétation. Et rédiger un commentaire sur une loi est un crime capital.

Comme les Chinois, ils maîtrisent l'imprimerie depuis des temps immémoriaux. Mais leurs bibliothèques ne sont pas très fournies ; celle du Roi, qu'on considère comme la plus vaste, ne dépasse pas les mille volumes ; ils sont rangés dans une galerie de douze cents pieds de long et je suis libre d'en emprunter autant que je le souhaite. Dans une des pièces de Glumdalclitch, le menuisier de la Reine a conçu un engin en bois de vingt-cinq pieds de haut, en forme d'échelle dressée, chaque marche mesurant cinquante pieds de long. À vrai dire, c'est un escalier mobile dont on place l'extrémité inférieure à dix pieds du mur. On pose le livre que j'ai envie de lire contre le mur. Je monte sur le plus haut degré de l'échelle, je commence en haut de la page, je parcours entre huit et dix pas de gauche à droite et retour suivant la longueur des lignes jusqu'à parvenir en dessous du niveau de mon regard, et je descends petit à petit jusqu'en bas. Après quoi, je remonte à nouveau et démarre une nouvelle page de la même manière. Je parviens aisément à tourner les feuillets à deux mains, car ils sont épais et raides comme du carton et, dans les plus grands formats, ne dépassent pas dix ou vingt pieds.

Leur style est clair, viril et plat, sans fioriture, car ils évitent le plus possible de multiplier les mots inutiles ou d'employer des expressions hasardeuses. Je lus très attentivement beaucoup de leurs livres, surtout ceux qui traitaient d'histoire et de morale. Je m'amusai particulièrement d'un ancien petit traité de morale et de dévotion que Glumdalclitch gardait toujours dans sa chambre et qui appartenait à sa gouvernante, une dame solennelle d'un certain âge. Le livre disserte sur la faiblesse de l'humanité et il n'est apprécié que des femmes et des gens du commun. Il s'étend sur tous les sujets habituels aux moralistes européens, montrant à quel point l'homme au naturel est un animal minuscule, méprisable et impuissant ; à quel point il est incapable de se défendre contre les intempéries du climat et la cruauté des bêtes sauvages ; combien d'autres créatures le surpassent, l'une en force, l'autre en vitesse, la troisième en prudence et la quatrième en habileté. Dans notre époque de décadence, on vit une grande dégénérescence de la nature qui n'est plus capable que de produire des avortons, comparé à ce qu'elle offrait jadis. Il lui paraît raisonnable de penser qu'originellement, l'espèce humaine était infiniment plus imposante et qu'il avait dû exister des géants à des époques reculées, comme nous l'ont appris l'histoire et la tradition et comme l'a confirmé la découverte d'os et de crânes de dimensions gigantesques mis au jour dans plusieurs lieux du royaume. Il avance que les lois mêmes de la nature exigent qu'on ait été conçus à l'origine plus grands et plus robustes, moins susceptibles d'être détruits par le moindre petit accident, une tuile tombant d'une maison, une pierre lancée par un garçon, ou une noyade dans un petit ruisseau. De ce raisonnement, l'auteur tire plusieurs règles morales applicables dans la vie quotidienne mais qu'il est inutile de répéter ici. En ce qui me concerne, je ne puis m'empêcher de constater à quel point l'art de faire la morale, ou plutôt de trouver dans les querelles qui nous opposent à la nature matière à gémir et se plaindre, est un talent universellement répandu. Après réflexion, je crois que ces querelles doivent être montrées comme mal fondées chez nous, comme elles le sont à Brobdingnag.

Quant à leurs affaires militaires, ils sont fiers que les armées royales comptent cent soixante-seize mille fantassins et trente-deux mille cavaliers. Si on peut appeler armée une troupe de marchands dans les villes et de fermiers dans la campagne, commandée seulement par la grande et petite noblesse, sans paye ni dédommagement. Ils excellent dans la discipline des manœuvres, mais je ne leur en attribue guère le mérite. Comment pourrait-il en être autrement alors que chaque paysan est sous les ordres de son seigneur et chaque citoyen sous les ordres des notables de sa ville, choisis par scrutin, comme on fait à Venise ?

J'ai souvent vu la milice de Lorbrulgrud partir faire l'exercice dans un grand pré de vingt miles carrés, aux environs de la ville. Il m'était impossible d'évaluer leur nombre, tant ils occupaient d'espace et l'imagination ne peut rien se représenter d'aussi grandiose, d'aussi surprenant, d'aussi renversant.

J'étais curieux de savoir comment ce prince, dont les territoires sont inaccessibles à tout autre pays, en est venu à instaurer une armée et enseigner à son peuple la pratique de la discipline militaire. Mais j'eus rapidement la réponse. Au cours des siècles, ils avaient été atteints du même mal dont souffre la race humaine entière : la noblesse lutte pour avoir le pouvoir, le peuple sa liberté et le Roi l'autorité absolue. Chacun des trois viole régulièrement les lois du royaume, conçues pourtant pour tempérer les ardeurs et, à maintes reprises, il y eut des guerres civiles, dont la dernière trouva une issue heureuse grâce à un compromis, sous l'influence de l'aïeul du monarque actuel. La milice, créée à cette époque par consentement général, accomplit depuis strictement sa mission.

8

Le Roi et la Reine partent en voyage aux
frontières. L'auteur les escorte.
Le récit détaillé de la façon dont il quitte
le pays. Il rentre en Angleterre.

Je fus toujours persuadé qu'un jour, je recouvrerais ma liberté bien qu'il me fût impossible de prévoir par quels moyens. Le bateau dans lequel j'étais arrivé était le premier et le seul à avoir jamais été amené en vue de ces côtes et le Roi avait donné des ordres stricts : si, à n'importe quel moment, un autre surgissait, il fallait le mener au rivage et le conduire en charrette avec l'équipage et les passagers jusqu'à Lorbrulgrud.

Le Roi souhaitait vivement me trouver une femme à ma taille, pour que je puisse assurer la propagation de l'espèce. Mais je crois que j'aurais préféré mourir plutôt que de subir la disgrâce de laisser ma descendance vivre en cage comme des canaris apprivoisés et peut-être finir par être vendue dans tout le royaume à titre de curiosité.

On me traitait effectivement avec la plus grande bonté. J'étais le favori d'un grand Roi et d'une grande Reine, je faisais les délices de toute la Cour, mais c'était bel et bien au détriment de la dignité de la personne humaine. Je ne pouvais pas oublier les responsabilités familiales que j'avais laissées derrière moi. Je voulais me retrouver parmi des gens avec qui discuter sur un pied d'égalité, marcher dans les rues et les champs sans craindre d'être piétiné à mort, comme un crapaud ou un chiot. Mais ma délivrance survint plutôt que prévu et d'une manière on ne peut moins banale.

Je vivais dans ce pays depuis deux ans. Au début de la troisième année, Glumdalclitch et moi nous partîmes avec le Roi et la Reine jusqu'à la côte méridionale du royaume. Comme d'habitude, on me transportait dans mon caisson de voyage. J'avais très envie de voir l'océan, l'unique décor de ma fuite si elle devait jamais se produire. Je fis semblant d'être mal en point pour aller respirer l'air de la mer en compagnie d'un page que j'appréciais et à qui on avait parfois accepté de me confier. Je n'oublierai jamais la réticence de Glumdalclitch à me laisser partir ni les recommandations très strictes qu'elle fit au page. Elle éclata en sanglots comme si elle avait quelque pressentiment de ce qui allait se passer. Le garçon m'emporta dans ma boîte à une demi-heure de marche du palais, vers la côte. Je lui ordonnai de me poser à terre et, soulevant une de mes fenêtres à guillotine, je lançai de longs regards songeurs et mélancoliques vers les flots. J'annonçai au page que je souhaitais faire un somme dans mon hamac. Je m'installai et le garçon referma la fenêtre pour que je n'aie pas froid. Je m'endormis rapidement et tout ce que je peux imaginer c'est que, pendant ma sieste, le page, me croyant à l'abri du danger, partit dans les rochers dénicher des œufs d'oiseaux. En tout cas, je fus brutalement réveillé en sentant qu'on tirait avec violence sur l'anneau fixé en haut de ma boîte. Ma boîte s'éleva dans les airs avant d'être projetée en avant à une vitesse prodigieuse. La première secousse manqua me jeter à bas de mon hamac, mais ensuite, la progression se fit presque sans à-coups. Je criai à plusieurs reprises de toute la force de mes poumons, mais en vain. En regardant par la fenêtre, je ne vis que les nuages et le ciel. J'entendais un bruit de battements d'ailes juste au-dessus de ma tête et commençai alors à comprendre dans quelle triste situation je me trouvais. Un aigle avait pris l'anneau de ma boîte dans son bec, avec l'intention de le laisser tomber sur un rocher, comme une tortue dans sa carapace, et d'en extraire mon corps pour le dévorer.

Les battements d'ailes s'amplifièrent et ma boîte fut secouée comme une enseigne par jour de grand vent. Il me sembla que l'aigle prenait des coups et, brusquement, je me sentis dégringoler verticalement pendant une bonne minute, à une vitesse incroyable qui me coupa le souffle. Un choc terrible mit fin à ma chute. Je me retrouvai plongé dans l'obscurité avant que ma boîte ne remontât et que la lumière passât à nouveau par le haut de mes fenêtres. Je compris que j'étais tombé dans la mer. Ma boîte flottait, enfoncée de cinq pieds dans l'eau. Je supposai alors que l'aigle qui m'avait enlevé, poursuivi par deux ou trois autres, s'était trouvé contraint de me lâcher pour se défendre. Je m'extirpai difficilement de mon hamac après avoir d'abord essayé de faire coulisser la planche du toit, prévue pour laisser passer l'air, dont je manquai au point de presque étouffer.

Combien je regrettai alors de ne plus être en compagnie de ma chère Glumdalclitch ! En toute sincérité, je ne pouvais m'empêcher de plaindre ma pauvre petite nourrice du chagrin que lui causerait ma perte, du mécontentement de la Reine et de la ruine de son avenir. Peu de voyageurs ont dû se trouver confrontés à des difficultés aussi inquiétantes que les miennes à ce moment-là. Je m'attendais à voir ma boîte éclater en morceaux, ou être submergée par une grosse vague ou la première rafale violente. Une seule fêlure dans une vitre aurait signifié une mort immédiate. Les fenêtres étaient heureusement protégées par un grillage résistant posé à l'extérieur pour éviter les accidents de la route. Je vis l'eau sourdre par plusieurs lézardes, mais sans que les fuites fussent graves et je réussis à les arrêter à peu près. J'étais incapable de soulever le toit de mon caisson, ce que j'aurais volontiers fait pour m'asseoir dessus, car ainsi, j'aurais pu résister quelques heures de plus qu'à fond de cale, si je puis dire. Mais à quoi bon tenir un ou deux jours, si c'était pour finir par mourir de froid et de faim ! Quatre heures durant, je demeurai dans cette situation, dans l'attente, presque dans l'espoir, que ma dernière heure allait arriver.

Il y avait deux gros crochets fixés sur le côté de ma boîte dépourvu de fenêtre. C'était là que le valet qui me transportait à cheval faisait passer la ceinture de cuir qu'il attachait autour de sa taille. Du fond de mon affliction, j'entendis, ou crus entendre, une sorte de grattement du côté des crochets et, peu de temps après, j'eus l'impression qu'on remorquait ma boîte. Cela me donna un faible espoir, même si je ne parvenais pas à comprendre ce qui se passait. Je me risquai à dévisser une de mes chaises, fixée au sol. Et après m'être donné du mal pour la revisser juste en dessous de la planche coulissante que je venais d'ouvrir, je montai dessus et, posant ma bouche le plus près possible de l'ouverture, j'appelai au secours de toute ma voix et dans toutes les langues que je connaissais. J'attachai ensuite mon mouchoir à une canne que j'emportais toujours avec moi et, après l'avoir glissée dans l'ouverture, je l'agitai à plusieurs reprises. Ainsi, si quelque navire passait par là, les marins comprendraient qu'un malheureux mortel était enfermé dans cette boîte.

Tout ce que je faisais semblait sans effet mais je sentais clairement que mon caisson se déplaçait. Au bout d'une heure, le côté aveugle cogna contre quelque chose de dur. Je craignis qu'il ne s'agît d'un rocher et me retrouvai plus ballotté que jamais. Je distinguai nettement un bruit sur le couvercle, comme un câble qui aurait frotté contre l'anneau. Puis je me retrouvai hissé par paliers. Je sortis à nouveau mon mouchoir au bout de ma canne en criant au secours à m'en arracher la gorge. J'entendis alors en réponse un grand cri répété trois fois et je me sentis alors pris de tels transports de bonheur que seuls ceux qui les ont ressentis peuvent les comprendre. Il y eut un piétinement au-dessus de ma tête et une voix forte cria en anglais : « S'il y a quelqu'un là-dedans, parlez ! » Je répondis que j'étais anglais et qu'un destin contraire m'avait entraîné dans la pire catastrophe qu'être humain ait jamais connue et je les suppliais de me délivrer de ce donjon dans lequel j'étais enfermé. La voix répondit que j'étais sauvé car ma boîte était attachée à leur navire. Le charpentier allait arriver pour découper le couvercle à la scie et me sortir de là. Je répondis que c'était inutile et que cela prendrait bien trop de temps ; il suffisait de passer un doigt dans l'anneau pour hisser la boîte sur le bateau. En m'entendant m'exprimer de façon aussi incohérente, certains crurent que j'étais fou ; d'autres se mirent à rire. En effet, il ne m'était pas venu à l'esprit que j'allais me retrouver au milieu de gens dont la corpulence et la force seraient identiques aux miennes. Le charpentier arriva et découpa une ouverture de quatre pieds carrés dans laquelle il fit descendre une petite échelle. J'y grimpai et je me retrouvai à bord, dans un état de grande faiblesse.

Les marins, ébahis, me posèrent des milliers de questions auxquelles je n'avais nulle envie de répondre. J'étais déconcerté de voir tant de pygmées, car c'était ainsi qu'ils m'apparaissaient. Mais le capitaine, Mr. Thomas Wilcocks, un brave et estimable homme du Shropshire, voyant que j'étais prêt à défaillir, m'emmena dans sa cabine, m'offrit un cordial pour me remettre et me fit allonger sur sa propre couchette, en me conseillant de prendre un peu de repos, ce dont j'avais le plus grand besoin. Avant de m'endormir, je lui dis qu'il y avait dans ma boîte des meubles de valeur qu'il serait dommage de perdre : un bel hamac, un magnifique lit de camp, deux sièges, une table et un meuble à tiroirs. Que mon caisson était tapissé partout, ou plutôt molletonné de soie et de coton. Que s'il voulait bien laisser un membre de l'équipage apporter mon caisson dans sa cabine, je l'ouvrirai devant lui pour lui montrer mes trésors. Le capitaine, m'entendant proférer ces absurdités, conclut que je délirais. Cependant (sans doute pour m'apaiser), il promit de donner des ordres en conséquence et, montant sur le pont, envoya quelques hommes dans mon caisson où (comme je m'en aperçus plus tard) ils récupérèrent mes biens et arrachèrent les tapisseries. Mais les sièges, le meuble à tiroirs et la table de chevet étant vissés au sol, les marins les cassèrent par ignorance, en voulant les arracher de force. Ils récupérèrent également un certain nombre de planches et quand ils eurent pris tout ce qui leur semblait intéressant, ils laissèrent la caisse tomber dans la mer. Elle coula immédiatement. À vrai dire, je suis content de ne pas avoir assisté à ce carnage. Parce que je suis bien certain que cela m'aurait touché en faisant remonter des souvenirs que je préférais oublier.

Je dormis plusieurs heures d'un sommeil perturbé par les cauchemars et les dangers auxquels j'avais échappé. Cependant, en me réveillant, je me sentis beaucoup mieux. Le capitaine ordonna qu'on servît immédiatement le souper, pensant que j'avais déjà jeûné trop longtemps. Il me traita avec beaucoup de gentillesse, observant que j'avais l'air raisonnable et que je ne tenais plus de propos incohérents. Il voulut que je lui relate mes voyages et par quel hasard je m'étais retrouvé à dériver dans ce monstrueux coffre de bois. Vers midi, alors qu'il regardait dans sa longue-vue, il l'avait repéré de loin, le prenant pour un bateau. Il avait voulu le rattraper parce que cela ne le détournait guère de sa route et il espérait acheter du biscuit, dont il commençait à manquer. En s'approchant, il avait compris son erreur et envoyé la chaloupe découvrir de quoi il s'agissait. Ses hommes étaient revenus effrayés, jurant qu'ils avaient vu une maison flottante. Il avait ri de leur bêtise et était sorti lui-même en canot, ordonnant aux matelots de se munir d'un câble solide. Le temps étant calme, il avait fait plusieurs fois le tour du caisson à la rame en observant mes fenêtres et le grillage qui les protégeait. Il avait découvert deux anneaux sur une des faces, celle qui était aveugle. Il avait ordonné aux marins de fixer un câble à un des anneaux afin de remorquer mon coffre (comme il l'appelait) vers le navire. Je voulus savoir si l'équipage ou lui avaient vu des oiseaux extraordinaires dans le ciel au moment où ils m'avaient découvert. Il me répondit qu'en discutant de cela avec les marins tandis que je dormais, l'un d'eux avait dit qu'il avait remarqué trois aigles volant vers le nord mais ils lui avaient paru de taille ordinaire ; ce qu'on peut expliquer, je suppose, par la hauteur à laquelle ils volaient, mais le capitaine ne comprit pas le sens de ma question. Je lui demandai ensuite à quelle distance, selon lui, nous nous trouvions de la terre. D'après ses calculs, nous en étions au moins à une centaine de lieues. Je répliquai qu'il devait se tromper au moins de moitié car je n'avais pas quitté le pays d'où je venais depuis plus de deux heures quand j'étais tombé dans la mer. Du coup, il recommença à croire que j'avais l'esprit dérangé, ce qu'il me fit comprendre, et me conseilla d'aller me coucher dans la cabine qu'il m'avait fait préparer. Je lui assurai que son agréable compagnie m'avait bien requinqué et que j'avais la tête parfaitement claire. Il devint alors sérieux et m'interrogea pour savoir si je n'avais pas la conscience troublée par quelque énorme crime, pour lequel un prince aurait ordonné de me châtier en m'abandonnant dans ce coffre, comme dans certains pays, on contraint les criminels à prendre la mer sans vivres, dans une embarcation qui fait eau.

Même s'il regrettait d'avoir pris à son bord un scélérat, il s'engageait à m'amener sain et sauf au premier port auquel nous arriverions. Les discours absurdes que j'avais tenus d'abord aux marins, ensuite à lui-même, à propos de mon caisson, joints à mon allure et à mon comportement bizarres pendant le souper n'avaient fait qu'augmenter ses soupçons.

Je le priai de bien vouloir avoir la patience d'écouter mon histoire que je lui narrai intégralement depuis mon dernier départ d'Angleterre jusqu'au moment où il m'avait trouvé. Comme la vérité trouve toujours sa voie dans un esprit raisonnable, cet homme estimable, qui avait un certain vernis de culture et beaucoup de bon sens, fut immédiatement persuadé de ma sincérité et de ma bonne foi. Mais pour confirmer mon récit, je le priai de bien vouloir ordonner qu'on m'amenât mon meuble à tiroirs dont j'avais la clé dans ma poche (il m'avait déjà informé de la façon dont les marins s'étaient débarrassés de mon caisson). Je l'ouvris devant lui et lui montrai la petite collection de curiosités que j'avais rassemblée dans le pays dont j'avais été si étrangement libéré. Il y avait le peigne que j'avais fait avec les poils de barbe du Roi et un autre de la même matière mais dont le montant était une rognure d'ongle du pouce de la Reine. Il y avait une série d'aiguilles et d'épingles allant d'un pied à un demi-yard de long. Quatre dards de guêpes, gros comme des clous de charpentier. Des cheveux de la Reine. Un anneau d'or qu'elle m'avait offert un jour de manière charmante : l'ôtant de son petit doigt, elle me l'avait passé autour du cou. Je voulus que le capitaine accepte cet anneau en remerciements de ses bontés, ce qu'il refusa absolument. Je lui montrai un cor que j'avais coupé de ma propre main sur l'orteil d'une dame d'honneur. Gros comme une bonne pomme du Kent, il avait tellement durci que, de retour en Angleterre, je le fis creuser en coupe et plaquer d'argent. Enfin, je lui montrai la culotte que je portais, coupée dans une peau de souris.

Je ne pus rien lui faire accepter si ce n'est la dent d'un valet. Je l'avais vu l'examiner avec beaucoup de curiosité et j'avais compris que l'objet lui plaisait. Il me remercia tant et plus ; une telle babiole n'en méritait pas tant. Un chirurgien maladroit l'avait arrachée par erreur à un des hommes de Glumdalclitch qui souffrait d'une rage de dents, alors qu'elle était parfaitement saine. Après l'avoir fait nettoyer, je l'avais conservée dans mon secrétaire. Elle mesurait environ un pied de long pour quatre pouces de diamètre.

Mon récit sans fioriture rassura le capitaine. Il espérait, dit-il, que lorsque nous serions rentrés en Angleterre, j'aurais la bonté de le coucher sur le papier pour le faire connaître au monde. Je répondis qu'il me semblait que nous étions déjà débordés de récits de voyages. Seul l'extraordinaire pouvait encore retenir l'attention et je soupçonnais certains auteurs d'être moins attachés à la vérité qu'à leur propre vanité ou à leurs intérêts, ou encore à distraire les lecteurs ignorants. Mon récit ne raconterait que des événements banals, sans toutes ces descriptions alambiquées de plantes, d'arbres, d'oiseaux et autres animaux bizarres, ou de mœurs barbares et de l'idolâtrie des tribus sauvages, qu'on trouve en abondance chez la plupart des auteurs. Cependant, je le remerciai de sa suggestion et promis d'y réfléchir.

Une chose le surprenait beaucoup : il voulait savoir pourquoi je parlais aussi fort. Il me demanda si le Roi ou la Reine de ce pays étaient durs d'oreille. Je lui expliquai que c'était ce dont j'avais pris l'habitude depuis deux ans et à quel point j'admirais sa voix et celles de ses hommes, qui pour moi ressemblaient à un murmure que je distinguais parfaitement. Pour parler avec quelqu'un dans le pays d'où je venais, si on ne m'avait pas installé sur une table ou dans le creux d'une main, il me fallait crier comme si, de la rue, je m'adressais à un homme monté en haut d'un clocher. Je lui dis que j'avais remarqué autre chose : lorsque j'étais monté à bord, les marins autour de moi m'avaient semblé de méprisables petites créatures. Le capitaine dit que, pendant le souper, je regardais autour de moi d'un air surpris et, plus d'une fois, j'avais eu du mal à retenir mon rire ; il ne savait comment réagir à cette conduite qu'il imputait au désordre de mon esprit. Je répondis la stricte vérité : j'avais du mal à concevoir des plats grands comme des pièces de three-pence, un jambon qu'on avalait en quelques bouchées, une tasse pas plus grosse qu'une coquille de noix. Car même si la Reine avait fait réaliser à ma taille tout ce qui m'était nécessaire pendant que j'étais à son service, mon esprit avait pris le pli de ce que je voyais autour de moi, fermant les yeux sur ma petitesse comme d'autres sur leurs fautes. Le capitaine comprit parfaitement la raillerie. Continuant sur ce ton, il dit qu'il aurait volontiers donné cent livres pour voir mon caisson dans le bec de l'aigle dégringoler jusque dans la mer. Que cela avait dû être un spectacle des plus étonnants, méritant une description digne d'être transmise à la postérité.

Le capitaine, après être allé au Tonkin, était sur la route du retour, naviguant nord-est par 44 degrés de latitude et 143 de longitude. Mais, croisant un alizé deux jours après m'avoir recueilli, nous fîmes route vers le sud un bon moment et, abordant la Nouvelle-Hollande, nous gardâmes le cap ouest-sud-ouest puis sud-sud-ouest avant de doubler le cap de Bonne-Espérance. Notre voyage fut excellent mais je n'ennuierai pas le lecteur avec ce récit. Le capitaine fit escale dans un ou deux ports et envoya son canot chercher des provisions et de l'eau douce mais je ne descendis pas à terre avant d'arriver dans les Downs, le 3 juin 1706, neuf mois environ après m'être échappé. Je proposai de laisser mes biens en gage de mon passage. Mais le capitaine refusa de me prendre le moindre sou. Nous nous dîmes cordialement adieu et je lui fis promettre de venir me voir dans ma maison de

Redriff. Je louai un cheval et un guide pour cinq shillings, que j'empruntai au capitaine.

Sur la route, tandis que j'observais la petitesse des maisons, des arbres, du bétail et des gens, je crus me retrouver à Lilliput. J'avais peur de piétiner tous les voyageurs que je croisais et souvent je leur criais de s'écarter, si bien que j'ai eu de la chance de ne pas me faire casser la tête une ou deux fois pour mon impertinence.

En arrivant chez moi, après avoir été obligé de demander mon chemin, un domestique vint ouvrir la porte et je me baissai pour entrer (comme une oie sous un portail) de crainte de me cogner la tête. Ma femme courut vers moi pour m'embrasser mais je me baissai plus bas que ses genoux, persuadé qu'autrement, il lui serait impossible d'atteindre ma bouche. Ma fille s'agenouilla pour que je la bénisse mais tant qu'elle ne fût pas relevée, je ne pus la voir, tant j'étais habitué depuis longtemps à lever la tête pour voir plus haut que soixante pieds. Ensuite, je voulus la soulever d'une seule main, en l'attrapant par la taille. J'examinai de bas en haut les domestiques et un ou deux amis qui se trouvaient là, comme si c'étaient des pygmées et moi un géant. Je dis à ma femme qu'elle s'était montrée trop économe car j'avais l'impression que sa fille et elle s'étaient nourries de rien. En bref, je me conduisis de façon si étrange qu'ils furent tous du même avis que le capitaine quand il m'avait recueilli. Ils en conclurent que j'avais perdu l'esprit. Si je mentionne cela, c'est pour donner un exemple de la grande force de l'habitude et des préjugés.

Je parvins rapidement à retrouver une relation harmonieuse avec ma famille et mes amis. Mais ma femme refusait de me voir prendre à nouveau la mer. Pourtant, un destin contraire l'empêcha de me retenir, comme le lecteur le verra plus tard. En attendant, je termine ici la deuxième partie de mes infortunés voyages.

Le Livre de Poche s'engage pour l'environnement en réduisant l'empreinte carbone de ses livres. Celle de cet exemplaire est de : **200 g éq. CO_2**
Rendez-vous sur
www.livredepoche-durable.fr

« Pour l'éditeur, le principe est d'utiliser des papiers composés de fibres naturelles, renouvelables, recyclables et fabriquées à partir de bois issus de forêts qui adoptent un système d'aménagement durable. En outre, l'éditeur attend de ses fournisseurs de papier qu'ils s'inscrivent dans une démarche de certification environnementale reconnue. »

Édité par la Librairie Générale Française - LPJ
(58 rue Jean Bleuzen, 92178 Vanves Cedex)

Composition PCA
Achevé d'imprimer en Espagne par BLACK PRINT CPI IBERICA
Dépôt légal 1re publication août 2014
66.8891.0/02 - ISBN : 978-2-01-001559-5
Loi n° 49-956 du 16 juillet 1949 sur les publications destinées à la jeunesse
Dépôt légal : janvier 2016